逆行悪役令嬢はただ今求婚中

近くに居た騎士に求婚しただけのはずが、溺愛ルートに入りました!?

author 花嵐

illust. 眠介

Ghakkou akuyaku reijo wa
tadaima kyukon chu !

目次

CONTENTS

第一章　逆行悪役令嬢は求婚する――004
閑話　侯爵夫人の言うことには――036
第二章　逆行悪役令嬢は巻き込まれる――039
第三章　逆行悪役令嬢は婚約する――075
第四章　逆行悪役令嬢は忘れていた――120
閑話　第二騎士団長の言うことには――154

第五章　逆行悪役令嬢は忘れていた〈二〉―――160
第六章　逆行悪役令嬢と花祭り―――170
閑話　第二騎士団長の言うことには〈二〉―――188
第七章　逆行悪役令嬢と花祭り〈二〉―――192
第八章　逆行悪役令嬢は企む―――216
番外編　とある獣人騎士の回憶録―――241

第一章　逆行悪役令嬢は求婚する

「……うげっ」

豪奢なシャンデリアが天井から釣り下がり、数多《あまた》の煌《きら》めきを床に落としている。

高名な彫刻家が施した柱や窓枠の彫刻は極めて繊細で、その窓枠の外に見える庭園もため息が出そうなほどに美しかった。

──贅、ここに極まれり。

そんな栄華を誇るヴィレーリア王国王城のその一室には、多くの令嬢が集められていた。

みな意気揚々と目を輝かせている。それも当然だ。今日はこの国の全ての令嬢達の憧れの的、王太子レオナルド・ヴィレーリア殿下の婚約者を取り決めるために集められているのだから。

そんな中、かつては〝稀代の悪女〟などと事実とはかけ離れた二つ名で謳われた、セレナ・アーシェンハイド侯爵令嬢は思い出した。

十二の時に王太子殿下の婚約者の選定パーティーで婚約者に指名されたこと。

十四の時に義妹ができたこと。

十八の時に義妹含む周り大勢に冤罪をかけられ、冷え冷えとした牢獄の中で高熱に苛《さいな》まれながら息を引き取ったこと。

ったことを。

そして、今日――王太子殿下の婚約者の選定パーティーに呼ばれた〝あの日〟に逆行してしま

「無理、絶対無理！」

誰に聞こえるわけでもない、そんな小さな声で呟《つぶや》く。壁際で警護の任についていた騎士がチラリとこちらを見たような気がしたが、気のせいだろう。私の呟きなど、この会場の喧騒にかき消えてしまったはずだから。

大して情もない王太子のためにかけた半生。それがどれほど無駄であったかと言うことは、当事者である私が一番よく分かっている。

単純に性格が合わなかったのだ、と今となっては思う。王太子殿下のタイプの令嬢は明るく、小動物のように可愛らしく、料理の上手い令嬢――まさに義妹はドンピシャだった。

私はと言えば、妃《きさき》教育が始まる前は乗馬や外遊びが大好きなヤンチャっ子で、妃教育が始まって直後はなるべくボロを出さないように大人しくしていたものだから毛嫌いされていたのだろう。

私だってあんな男お断りだ。いくら相手が気に入らないからって、その義妹と浮気するなど笑止千万。第一私の好きなタイプは一途な人だし！

今回の婚約者の選定パーティーなど茶番にすぎないことを私は知っている。招待されたときには既に婚約者は決まっていたのだ。正確には三択くらいに絞られていて、そこから王太子が適当に決める。

冷たい牢獄の中で王太子が「お前を選んだわけじゃない、お前が一番面倒くさくなさそうだっ

たから選んだのだ。まあ、お陰でルーナと出逢えたからな、それは感謝しているぞ?」と愉快そうに言っていたから間違いない。……ああ、当時は高熱に浮かされて辛いも悲しいも思わなかったけれど、あの顔を思い出したら腹が立ってきた。

とにもかくにも、こんなのは茶番なのだ。今から回避するのはほぼ不可能と言っても過言ではないだろう——ならば、どうするか?

私は俯《うつむ》いていた顔をこっそり上げる。この場に居るのは令嬢達が大半だが、例外として警護を務める騎士や令嬢の付き添いで来たのであろう貴族子息がいる。私はその中でも一番近くにいた獣人の騎士に目を留めた。私の視線に気がついたのか、彼は口元に硬い笑みを浮かべつつ軽く頭を下げる。

……ごめんなさいね、不躾《ぶしつけ》に見つめて。でもこれは一大事だから許して欲しい。

私が注目したのは彼に生えた獣人特有の耳や尾ではなく——その耳飾り!

ヴィレーリアでは婚約者や恋人がいる場合、左側に七センチ程度の細いチェーンのピアスを付けるのが慣習だ。それは純人だろうが、獣人のような亜人であろうが変わらない。フリーな状態ならば何も付けないし、結婚してようやく両耳にピアスを付けることが許される。そしてこの騎士の左耳には何も付いていない——つまり、フリーってこと!

——やるなら、王子が現れる前の今しかない。この機会を逃したら、またあの地獄の日々が待っているのだ。そう思うと背筋に震えが走った。

やれ、セレナ! 覚悟を決めろ!

私はおずおずと口を開いた。

「あの、騎士様！」

「はい、いかがなされましたか？　お加減でも……」

「私、貴方様に一目惚れしてしまいました！　どうかお名前を教えて下さいませんか！」

きょとん、と彼はその宝石のような美しい瞳を丸くする。

会場全体が――とまではいかなかったが、私と騎士様を中心とする周囲が水を打ったように静かになった。

王太子殿下は「面倒くさくなさそうだから私を選んだ」と言っていた――ならば、面倒くさい女になれば良いのだ！

自分の婚約者を決めるパーティーで他の男に求婚する女――なんと面倒くさいのだろう。私だったら絶対関わりたくない。

荒仕事のようにも思えるが、何せ時間がない。これくらい大胆な行動をすれば王太子含む王家側は私を候補から外す他ない。不祥事と言えるほどではないけれど、王家の面目は立たないからね！

騎士様は私の発言にあっけに取られてぽかんとしていたが、やがてくっくっと喉を震わせて笑った。

「――随分と、面白いことを仰《おつしや》られる」

男くさい、どこか獰猛な獣のような笑顔がその端整な顔立ちに浮かぶ。

王太子も中々の美形だったけれど、騎士様も相当な美形だ。

「ほ、本気ですわ！」

くそ、誤算だった！　そりゃあ十二歳の子供が一目惚れしたと言っても本気にとっては貰えないよね。ついさっきまで十八歳だったから忘れていた。

「――それは失礼いたしました、レディ。……ですが、貴方のような可愛らしい方が、私のような獣人に一目惚れなど俄《にわか》には信じられない話です」

確かに、ヴィレーリアの貴族の中には獣人のような亜人を毛嫌いする人もいる。これは根強い民族性の問題だ。しかし、それが大半ってわけではない。お父様やお母様、お兄様だってそういう差別意識はないタイプだったし、当然私だってそう。……ああでも、義妹はそういう差別があるタイプだったかな。

「私、そういう差別は好みませんわ。そもそも、一目惚れするのに人種など関係ございませんもの」

一目惚れなんて嘘《うそ》だけれどね……！　騙《だま》してごめんなさい！

私たちがやり取りしている内に、騒ぎはだんだんと広がっていった。よしよし、計画通り。それに、見た感じ令嬢からの視線は困惑が入り交じっていたけれど悪いものではないように感じる。何故かはよく分からないけれど、好感触なら問題ない。このままある程度広がっていってくれれば、王宮側は私を候補から外さざるを得なくなる。アーシェンハイド家にとってはこの騒動でマイナスな評価を被《こうむ》るかもしれないけれど、一族の中から投獄される人間が出るよりはマシだと思

う。

　当の騎士様はと言うと――それはもう、曖昧な笑顔を浮かべていた。

　悪くもないけど、良くもないって感じ！　これは何というか……微妙！　押さないと負ける気がしてきた！

「もちろん、お名前を聞いた以上私も名乗りますわ。私はセレナ・アーシェンハイド。どうぞ、セレナとお呼び下さいませ」

　十八年間、侯爵家の令嬢として、はたまた王太子の婚約者として厳しく躾けられてきた自慢のカーテシーを披露する。

　愛らしさでも、発想でも義妹には勝てなかった私だけれど、作法だけは自信がある。

　しかし騎士様の方からは何も返ってこなかった。

　嘘でしょう⁉　何も言わないのが怖い！　うんとかすんとか言って欲しい！

　おずおずと騎士様の顔を見つめると、騎士様の感情の読めないその目と目が合った。それから彼は「小さなレディの思いには、騎士として応えねばなりませんね」と言いながら襟《えり》を正し、再び私にしっかりと向き直った。

「グレン・ブライアントと申します。現在は、ヴィレーリア王国騎士団の第二騎士団の副団長を務めております」

「ブライアント様、と仰いますのね……」

　グレン・ブライアント？

どこかで聞いたような気がするけれど、ぼんやりとしていて上手く思い出せない。高熱で記憶が曖昧になってしまったのか、それとも――。どうにも今は思い出すことが出来なさそう。

それよりも、ブライアント様を口説く方が先だ。私は固く拳《こぶし》を握ることで自分に活を入れた。

今、ここで逃がしたら後はない。無差別に求婚しまくるなんて醜聞甚《しゅうぶんはなは》だしいし、王太子と同じくらい最低だ。

「ブライアント様、私は先ほど一目惚れしたと申し上げましたが、それは戯言《たわごと》でもなければ子供特有のそれではございませんわ。アーシェンハイド家の令嬢に二言《にごん》はございません。必ず私がブライアント様を幸せにいたします」

とにかく勢いに任せて言っちゃったけど、これってなんだかとても恥ずかしい気がしてきた。周囲から視線が集まると共に、顔が熱くなるのが分かる。

ええい、こうなったらやるしかない！　女は度胸だ！　真面目な顔をしていれば大抵のことは何とかなると王宮付きマナー教師の誰かが言っていた！

「あなたは……」

ブライアント様が小さくぼやく。

恥ずかしすぎて、ブライアント様の顔を直視出来ないのでどんな表情なのかは分からない。声色もなんだか淡白なもので、感情が全く読み取れない。頑張ってくれ、私の厳しい妃教育の成果達。ここで仕事をしなくてどうするのだ。

ブライアント様は一度呟いた言葉を取り消すように、重ねて言い募った。

「恐れながら、レディ。貴方のような未来ある方が私のような者にそのような言葉を仰ってはいけません。あなたは、その言葉の重さを十分理解していらっしゃらないようだ」

——まさか、ブライアント様。私が軽薄だと仰られるのね⁉

「決して、そんなことはございませんわ！」

私の声に、ぴんっとブライアント様の狼《おおかみ》のような獣耳が立った。

あっ……驚かせてしまったかも？　と後悔するのはもっと後の話となる。なお、未だ王太子が到着する気配はない。

もちろん最終的には「子供の戯れですわ、おほほほ」と言う流れに持って行きたいが、今いなされてしまうのは少しだけ早い。いや、早すぎる！

加えて思ったよりも騒ぎが広がっていないことに私は焦りを感じていた。

ほら、令嬢のみんな、あなた達の大好きなスキャンダルだよ？　ラブストーリーだよ？　だから、もっと噂してくれてもいいんだよ？

このままだと、王家との繋がりを欲しがった両親の力でこの騒ぎの一件が掻き消され、王太子の耳に届かない可能性がある。

それは——マズい。ただ恥ずかしくて迷惑を起こしただけだなんて最悪すぎる。

「私は、まだ十二歳です。貴方様にとっては、まだまだ子供でしょうし、きっと私の言葉も子供の戯言のように聞こえるでしょう」

私だって嘘を吐《つ》いてしまった以上、どのような展開になったとしても必ず幸せにするつもりだ。

その思いに嘘はない。それに私の勝手な、いわば私情に巻き込まれたブライアント様に謝罪の意はあるが、ここで引く選択肢は私にはないのだ。

旅は道連れ世は情け、と東方の言葉で言うとおり、巻き込んだ以上必ず私が責任を取る！

「ですが、私もあと三年もすれば成人する身。結婚も出来るようになります。それにアーシェンハイド家の令嬢として生まれたからには、この言葉の重さも重々理解しているつもりです！」

だから今だけ黙ってこの茶番に付き合ってくれ！

「もう一度……いいえ、この思いが伝わるまで何度でも申し上げます、グレン・ブライアント様。私は貴方様に一目惚れいたしました。どうか、私にチャンスを下さいませ。私は必ずや貴方様を──」

「待て、セレナ！　それ以上は駄目だ！」

聞き覚えしかないその声と共に、私の口元は大きな掌《てのひら》で覆い隠された。

言えなかった！　ちゃんと求婚出来なかった！　一番良いところだったのに！

私は一世一代の求婚を邪魔した犯人をキッと睨《にら》み付ける。

「邪魔をしないで下さいまし、お兄様！」

「お前こそ、何をやっているんだ！」

見て分かるでしょう、求婚していますわ！

その叫び声は私の口に覆いかぶせられた兄の掌の中にあっけなく消えた。

アーシェンハイド家には現在二人の子供がいる。

一人は私、セレナ・アーシェンハイド。そしてもう一人は、兄のセベク・アーシェンハイド。歳は六つ上で、少し前に学院を卒業し現在は魔導師として王宮に勤めている。

加えてあと二年もすれば、両親を失い本家たる我が家に引き取られるルーナと言う義妹がやってくるのだが、今は割愛しよう。

今回の婚約者の選定パーティーには、他の令嬢達もそうであるように、私もまた親族――兄を連れてきていた。連れてきていた、と言うか兄が勝手についてきたというか、そもそも兄の職場がここというか。

そんな兄がこの騒ぎを聞きつけて邪魔をしにやってきたのだ。しかも、物理的に！

「このような場で求婚など――正気か⁉」

「ええ、正気ですわ」

王太子は、とっくに開始時間が過ぎた今でも姿を現さない。

このパーティーが、王太子が主動となる婚約者決めのパーティーだとするならば、まだ王太子が姿を現していないこの場は〝控え室〟であると言っても過言ではない。だから、私が求婚しても王家側が怒ることは出来ないのだ。パーティーは始まってすらいないのだから。要するに、遅れてくるやつが悪いってこと！

そもそも、いくら出来レースとはいえ、形式的には王太子が好きな令嬢を選ぶパーティーなのだ。嫌ならば選ばれなければ良いだけの話。

我ながら暴挙に出ているとは思うが、王宮側にケチを付けられる筋合いは……あるだろうか？　あるかもしれないな、うん。

けれどまあ、私は正気だ。

私は何とか口元だけ兄の拘束から逃れると、口早にその耳元で囁《ささや》いた。

「随分と焦っていらっしゃるのね、お兄様。まるで、魔法実験が上手くいっていないときのお兄様みたい」

「……っ！」

もうこれ以上突っ込まれたくないので、計画が上手くいってなくて焦っているんでしょう？　と煽《あお》ってみる。兄の立場からしてみれば、うんとはとても言えないはずだ。まさかこのパーティーが出来レースだと言えるほど兄に度胸があるとは思えない。

兄は、苦虫を噛み潰した様な――いや、磨り潰して飲み込んでしまったようなそんな苦々しい表情を浮かべた。

ふん！　逆行前に私が冤罪をかけられたときも、ろくに味方をしてくれなかったのだからこれくらいやり返されても仕方がないわよね！　……でもまあ、王太子と違ってルーナの味方をしていたわけでもないから、仕返しはこのぐらいにしておこう。

「私は今、本気でブライアント様に告白しているのです――邪魔はしないでいただきたいわ」

軍人や歴戦の戦士だと威圧だとか覇気だとかを出せるらしいが、残念ながらそのような講座は妃教育に組み込まれていなかった。

――ただ、似たようなものは魔法で再現出来る。

理屈はよく分からないしほぼ勘でやっているようなものだが、こう……ふんっ！　と相手の脳天に向かって魔力で圧をかけることによって威圧を再現出来るのだ。

使い道がないようで意外とある小技である。

私のエセ威圧に兄は眉をひそめた。相手は王宮魔導師――魔導師は魔法を使うことを生業としている人々のことを指す――なので大した効果はないだろうが、実妹に凄まれた衝撃が響いてくれることを願う他ない。

「悪いな、グレン。妹が迷惑をかけた」

「……やはり、セベクの妹だったのですね。アーシェンハイドと聞いてそうだろうとは思っていましたが」

兄は私の説得を諦《あきら》めて、標的をブライアント様に変えたらしい。

いや、これはマズい。私が言いくるめられないように粘り勝つことは出来ても、兄対ブライアント様なら利害が一致して会話が終わる可能性が大だ。だいぶ大きな騒ぎになったようだからここで諦めてもいいが――念のため、もう少し粘らせて貰いたい。

「お兄様！　勝手にブライアント様を誑《たぶら》かさないで！」

「誤解を生むような言い方をするんじゃない！　それに俺とグレンは元同級生だし、名前で呼び合う仲だからな、お前より進んでるんだよ！」

嘘でしょう、張り合ってきたよこの兄！

まあ良い、このまたとないチャンスに便乗させて貰う。

「まぁ、お兄様！　共にいた時間よりも濃度が重要ですわ！」

「お前のその〝濃度〟ってのは、迷惑をかけた度合いなんだよ！」

「ブライアント様、騙されないで下さいませ……！　この兄の愛は安物ですわ。私はまだブライアント様と出会って暫くしか経っておりませんが、既に一生を捧げる覚悟は決めております」

「おい、セレナ！　勝手なことを言うんじゃない！　……グレン騙されるなよ、安物だとか信じてくれるなよ⁉」

兄の言っていることは至極正しい。しかしこのやりとりを見たならば、それは五十歩百歩のようにしか見えないだろう。雰囲気って凄い。

やいのやいのと言い争っている間、大人しくこのやりとりを聞いていたブライアント様はとても偉いと思う。しかしそうやって言い争いをしているうちに、遂にあれやこれやと言い募られた兄の堪忍袋の緒が切れた。

「もう良い、お前は帰れ。一旦頭冷やせ！」

「ちょっ……！　お兄様！」

「今回は迷惑をかけてしまい、すまなかったグレン。この詫びはまた後日」

ふわりとドレスのスカートが重力に逆らい、足が地から離れた。

兄お得意の風魔法〝浮遊〟である。

これが誰か高名な魔導師であったならば浮遊魔法から逃れられたのだろうけれど、生憎《あいにく》私の魔

法技術は兄には劣る。加えて、私は風魔法とは相性の悪い雷魔法を専攻しているため抗う術はない。

半ば引きずられるように戸口へと体が動く。ああ、もう退場か……。

騒ぎが思ったより広まらなかったけれど健闘した方じゃないだろうか。

私はじっとブライアント様を見つめる。

先ほどと変わらず、とても綺麗な顔立ちをしていらっしゃる。もしかして、こうやって言い寄られるのは日常茶飯事なのかな……？

感情の見えない瞳が、揺れたような気がしたのは私の願望だろうか。

会場から退出する寸前で、私はブライアント様のその瞳をはっきりと見つめて宣言した。

「ブライアント様、また、お会いいたしましょう」

——私達兄妹とブライアント様を引き離すように、会場の扉が重々しい音を立てて閉まった。

＊＊＊

家に帰ったのは良いものの、私はあれよあれよという間に自室に投げ込まれた。そして兄は、お父様やお母様が外出しているのを良いことにそのまま数日間の自室謹慎を言い渡したのだった。

「(……ま、上々かなぁ)」

小鳥の鳴き声が微《かす》かに響く中庭に面した自室で、私はぐんっと伸びをする。

あのパーティーの翌日――爽やかな朝だった。

パーティーでの求婚騒ぎはイマイチだったが、王太子と顔を合わせずに退出出来たのは幸運だった。そこは兄に感謝だ。

――これがルーナだったら、もっと上手く立ち回っていたのだろうか。

そんな思いがぼんやりと浮かぶ。

……無い物ねだりなんてやめよう。そもそもあの冤罪を引き起こしたクソ女と比べるのはイライラする。いくら逆行したとはいえ自分を死に追いやった張本人を、昨日の今日で許してやれるほど私は聖人君子ではなかった。

私は乗馬や狩りなどのいわゆるアウトドアな遊びも嗜《たしな》む方だったが、一般的な令嬢の一日のルーティンはといえば起きて、食べて、刺繍して、食べて、本読んで、ダンスして、食べて、お風呂に入って寝る――と言った塩梅《あんばい》のまさにインドア。兄に言い渡された自室謹慎と大して変わらない。私もそれに倣ってのんびりと部屋で過ごした。というか登城して妃教育を受けたり、精神がすり減るあのお茶会に参加したりしない分、むしろ楽！

一応求婚騒ぎを起こした身なので暇つぶしに恋文を何通か書いて、お兄様に「どれが良いでしょうか？」と伺いを立ててみたりした。全部破られた。最低だ。……スイッチを押すだけで文字を打ち込める魔法具でも作ってみようか？

その後、自室内で体が動かせなくて暇だと訴えたら、ダンスに誘ってくれたので、かつての私怨も含めてしっかりと兄の爪先を踏み潰してやった。前回は誰が言いふらしたのか、嫌がらせに

かけては他の追随を許さない〝稀代の悪女　セレナ・アーシェンハイド〟なんて言われていたけれど、今の私はそのものだなとちょっと思ったのは秘密だ。

案外すっきりしたので、また兄にはダンスのお相手をして貰おう。

――と、そうこう嫌がらせに勤しんでいる内に、謹慎処分が解けた。今日から晴れて自由の身だ。

「おはようノーラ、清々しい朝ね」

さっそく起こしに来てくれた、長年私付きのメイドとして働いてくれているノーラに笑いかける。

「おはようございます、お嬢様。今日はいかがなさいましょうか？」

「うーんどうしようかしらねぇ……」

せっかく外に出られるようになったのだから遠乗りでもいいし、貴族街――貴族御用達の市場のような場所――に行くのもいいかもしれない。

鏡台の前に座りあれこれ考えていると、髪を結っていた私付きのメイドの一人、メルがおずおずと口を開いた。

「あの……差し出がましいようなのですが、お嬢様」

「あら、構わないわメル。何でも言ってちょうだい」

「ありがとうございます。その、ブライアント様に恋文は出さなくてよろしいのですか……？」

「え、それは別に……」

そう言いかけて鏡越しに見たメルの表情はまさに――心配！　と言わんばかりのそれだった。

あ、もしかしてうら若き十二歳の少女の淡い恋を応援してくれていたの⁉

どうやらメルを含む若年層のメイド達の大半が、どうせ子供の戯言だと切り捨てていなかったらしい。

え、いいよ別に。あれ、兄への嫌がらせの一環だし――などとは到底言えなかった。

なので、「……重いレディは嫌がられてしまうでしょう？」と微笑んでおいた。しつこいレディは嫌われるからね！

メルが微かに瞳を潤ませ、「お嬢様……！」と呟いていたのが私の良心にクリティカルヒットしたが……これは必要な犠牲だった。


「おはようございますお兄様、今日も素敵な――ひっ……！」

メルにヘアセットを仕上げて貰い、上機嫌でダイニングホールに向かうと兄が既に着席していた。いつものように声をかける――が、次の瞬間私は息を呑んだ。

兄の端正なその顔は頬がこけ、目元には濃い隈が出来、まるで別人のようであったのだ。

な、なんでこんなことになっているの⁉　嫌がらせしすぎた⁉

突然頬がこけ、隈が出来、極度の疲労状態――この症状は、魔力切れの時と酷似している。

けれど、私と同じように家にいただけのはずなのに魔力切れになるだろうか？　魔力は睡眠で回復出来るのに？

「ど、どうかなさったのですかお兄様」

「ああセレナ……お前は気にしなくていい」

やっぱり、嫌がらせし過ぎた？　これまでの鬱憤をぶつけまくったからな……心当たりが多く
て困る。

ちょっとやり過ぎてしまった自覚はなくもない。

少し手助けするくらいは……ありだよね、うん。

「私に出来ることがあれば……なんなりと」

「……ああ、そうか。では、その言葉に甘えよう。それじゃあ――王家絡みと、ブライアント家
絡み、どちらから聞きたい？」

それはもう、ブライアント様の方からでしょう！　このタイミングでの王家絡みだなんて厄介
ごとしかないので、聞きたくなんかない。

「ブライアント様の方から――」と言いかけると、すかさず兄が口を開いた。

「王家だよな？」

「はい、お兄様」

どうやら私に選択権はなかったようだ。

「昨日、この手紙が我が家に届いた」

そう言って差し出されたのは一通の封筒だった。赤い封蝋の刻印を見ると王家の家紋が記され
ている。中から数枚の便箋を取りだし私は読み始めた。

内容を要約すれば――パーティーで会えなかったのが残念です。是非お会いしたいので個別で呼ぶから予定は空けておいてね！　といったものだった。

「……僭越《せんえつ》ながら、お兄様」

「なんだ？」

「王家の高貴な方々は……中々面白い趣味をしていらっしゃるのね？」

「不敬だぞ――と言いたいところだが、私も完全なる同意だ」

他の男に求婚中の少女をわざわざ呼び出して会いたいだなんて、まさか寝取り趣味でもあるのか……？

わざと言っているのならば人が悪すぎるし、わざとではないのなら性格がひん曲がっている。

これはお兄様も胃痛案件だわ。

「あの、それでブライアント様の方は？」

まさか抗議文とかじゃないよね？　子供の言ったことですよ～って流せなかった感じ……？

「……これを」

お兄様が差し出したのは、また一通の封筒だった。

内容は、王家から来たものとほとんど同じ。うちの息子に惚れてくれた方が気になるので会いに来て下さい！　みたいなもの。

ふっと、便箋から視線をあげると、やつれた兄と目が合った。なるほど……精神的ストレスでこうなったのか。兄は私と目が合うやいなや、僅《わず》かに口角を上げた。

「……それ、中身を入れ替えて父上や母上に渡しても気が付かれなさそうだよな」

お兄様、よっぽどお疲れなのね。

＊＊＊

王城に再び足を踏み入れたのはあの朝からそう時間の経っていないある日のことだった。

兄と、一連の騒動を聞きつけて急遽王都の屋敷へ帰宅したお母様と馬車に乗り、王城の正門をくぐり抜ける。本当はお父様が来るべきだったのだろうけれど、現在隣国の要人を接待中のためお母様が臨時で付き添いをしてくれたのだ。

お母様は帰宅して早々私の頭に拳骨《げんこつ》を落とした。

お母様は、見た目は華奢《きゃしゃ》な淑女そのものだが、その実かつて王妃殿下直属近衛《このえ》隊の隊長を務めたバリバリの武人でもある。近衛隊と言えば、ヴィレーリア王国兵から選ばれた精鋭達の集まりである騎士団の中から、更に選出されたエリート中のエリート。その実力は言うまでもないだろう。

恐らくお母様は手加減してくれていたのだろうし、私も雷系身体強化魔法である程度カバーはしたけれど、今の私は十二歳の小娘。結局、殴られた衝撃で暫く意識を飛ばすはめになった。ついでに、兄は自業自得だと言って慰めてくれなかった。まあ、それはしょうがない。予想していたことだ。それに、無実の罪で牢獄に閉じ込められ、殴られるし蹴られるし寒いし痛いしのあの

日々と比べたら百倍――いや、百万倍マシだ。

近衛隊隊長の職を辞し、普段は淑女の鑑《かがみ》と讃えられる程のお母様が肉体言語に頼ったということは、言わずもがな、相当怒っていらっしゃるということ。

王都にあるアーシェンハイド邸から王城の正門へ、また正門から馬繋場へと馬車を走らせる間、重くるしい雰囲気が続く――と思いきや。

「それで？　セレナちゃんはグレン・ブライアントのどこに惚れたのかしら？」

案外、恋バナに花を咲かせていた。

「……いや、それはその」

「あ、もしかしてセベクに聞かれるのは恥ずかしい……？　そうよね、兄とは言え異性だものね。じゃあお母様にだけそっと教えてくれるかしら？」

座席順は私とお兄様で一座席、その向かい側にお母様といった二対一ともとれる構図なのだが、どうしよう、なんだかお母様の勢いに押されている気が……？

食い気味のお母様から、お兄様の方へと視線をずらして助けを求めると、兄はふるふると首を横に振った。

――救援失敗！　お兄様の馬鹿！

後にお父様から聞いた話だが、若い頃のお母様は既に騎士として名を揚げており、男装の麗人と同世代の少女達からもてはやされて恋バナをしたことがなかったそう。だから、恋バナをする――しかも自分の娘と！　ということでテンションが上がっていたのではないだろうか、と。

当然その時代のお母様のことを知らない私には、現時点でその答えに辿り着く術はない。

「お、お母様は怒っていらっしゃったのではないのですか⁉」

「……ええ、怒っていたわよ？　みんなに迷惑をかけた——だから拳骨を落としたわ」

それに何か問題が？　と、お母様は恋バナにキャッキャしていた時と変わらぬ、無邪気な笑顔で首を傾げる。

いやいやいや、怒っていたならこう……不機嫌になるとか？　口も利いて貰えないとか？　そういう流れになるのでは？　少なくとも王太子はそういうタイプだったし。

しばらくは怒られ続けるものだと思っていたのだけど——まさか拳骨一つで終わり？　確かに痛かったけれども……。

お母様は呑気に首を傾げていたが、やがてふっとその顔から感情が抜け落ちる。

「セレナ、ブライアント家の爵位は分かるわね？」

「え？　ええ、ブライアント辺境伯ですわ」

「そう、侯爵家と辺境伯家の差は、階級一つ分。加えて、グレン・ブライアントには婚約者がいない。身分がある程度釣り合っていて、婚約者もいない……」

お母様の瞳に、強い光が灯った。

「——そんな相手に恋するのがそんなに悪いことかしら？」

お母様は「私は、そうは思わないわ」と呟きかぶりを振る。妙な沈黙が馬車内に広がった。

「貴方が責めを負うべきは、騒ぎを起こし周りに迷惑をかけたという点のみ。けれどその騒ぎだ

って、大したものではなかった。会場から退出したときも、体調不良名目で退出した——そうよね、セベク？」

「ええ、あの時セレナは確かに正気ではないと思っていたものですから」

「私は先ほど〝母親〟として、貴方を叱りました」

叱るというか……肉体言語ですよね？　なんて野暮なことは言わない。ここは黙って聞いておくに限る。

「ならばもう、私に怒る権利はありません。セレナ・アーシェンハイド、貴方も自分のしたことならば最後までやり通しなさい」

「お母様……！」

……何を言っているのかさっぱり分かりませんけれど、ご機嫌ならばセレナは嬉しいです！


王城内の馬繋場に馬車を止めた後、従者に案内されて到着したのは王妃殿下の管理下にあるサロンの一つだった。そのサロンからはよく手入れされた薔薇園が一望でき、ちょうど紅薔薇が見頃を迎えている。

サロンに入室すると、既に着席していた一人の女性——ヴィレーリア王国王妃、アリシア・ヴィレーリア様が微笑んだ。

「ようこそ、セレナ・アーシェンハイド嬢。それに兄君や——セリアも」

「ご機嫌麗《うるわ》しゅう王妃殿下、王太子殿下」

「お久しゅうございます、王妃殿下」

セリアはお母様の名前だ。正確には、セリア・アーシェンハイド。

お母様は前にも触れたとおり、王妃専属近衛隊の隊長を務めており私が生まれたのを機にその職を辞している。

要は顔見知り——元主人と従者ってこと！

「どうぞ、そんなにかしこまらないで？　非公式な場ですもの。……セレナさん、体調はいかがかしら」

「お陰様で、すっかり元気になりました。先日はパーティー前に退出してしまい、申し訳ございませんでした」

「いいえ、そんなことはないわ。体調が優先だもの」

別に体調は悪くなかったです、ごめんなさい！

ニコニコと人がよさげに微笑《ほほえ》む王妃殿下の隣で、同じく王太子も微笑んでいた。うっ……笑顔なのが一番怖い。自分の婚約者を決めるパーティーで他の男に求婚した女の子を呼び出して、その上ニコニコしているとかどういう感情なのだろうか、それ。怒っている方がまだマシだわ！

「レオ……レオナルドが貴方に会いたいとしきりにせがむものだから、アーシェンハイド侯爵に無理を言ってお願いしたのよ。体調が悪いのに、ごめんなさいね」

「ええ、〝アーシェンハイドの輝石〟と名高く、才媛と評判のセレナ嬢と一度でも良いので話してみたくて。残念ながら、先日はその機会を逃してしまいましたが——母上のお陰で、貴方と会

うことが出来た」

「勿体ないお言葉にございます、殿下」

あー……そんな二つ名もあったような。最近は〝稀代の悪女〟って言われる方が多かったから忘れていた。

この端整な顔立ちと甘い声で褒められた令嬢は、このクソ王太子にコロッといってしまうもの
だが、今の私には何も響かない。

残念ながら恋人の姉妹に乗り換えたり、他の男に惚れていると知っている女をわざわざ呼び出
したりするこの男と違って、私には自分を死に追いやった男を好きになるような趣味はないのだ。

そもそも、好意なんて抱くわけがないでしょう！

妃教育で培われた笑顔の下で、ぐるぐると渦巻く何とも言い難いこの感情を抑えている――そ
んな時だった。

「母上、彼女と少し二人になりたいのですが」

「あら、ふふふ。そうねぇ、じゃあ後は若いお二人で……ということで良いかしら？」

「……は？」

自分が思っていたよりも、何倍も冷たく、か細い声が零《こぼ》れた。

いや、嫌だ。たまったものじゃない。何が悲しくて加害者と二人きりにならなきゃいけないん
だ。私は断固拒否するぞ！

私が口を開こうとした瞬間、それを遮るように王妃殿下によって爆弾のような発言が投下され

た。

「——一応、貴方が二人の護衛について差し上げて。えっと……第二騎士団の副団長さん？」

「拝命いたしました」

——第二騎士団、副団長。

「(グレン・ブライアント様…!?)」

一連の騒動の当事者が、そこにいた。

＊＊＊

正面に座るのは私を死に追いやった男。

そして彼の背後に立つのは私が求婚した男。

「それじゃあ後はごゆっくり」と取り残されたサロンは私を含む三人しかいない。

あんなにも太陽がさんさんと照り、暖かいそよ風が薔薇園の花々を揺らしているというのに、
どうにもサロンは薄ら寒かった。

「どうぞ、最近王都で流行っている紅茶なんだ。きっと気に入ると思う」

その言葉と共に差し出されたティーカップを私は震える手で受け取る。

——なんだ、この地獄のような状況は。

恐ろしくて涙が出そうだ。これは天罰か何かなのだろうか……？

ティーカップに角砂糖を一つ放り込み、銀の匙《さじ》で丹念に回す。毒でも入って……なんてことはまだないと思うけど、身構えてしまうのは仕方がないことだと思う。

かつて私に冤罪を被せ、冬の終わりの牢獄に閉じ込めた末、衰弱死に追いやった男が目の前にいると思うと、恐ろしくてたまらない。

——もちろん、泣いたり逃げ出したりなんて無様《ぶざま》なことはしないが。

銀の匙に曇りがないことを確認して、ティーカップに口を付ける。

ただただ温かい液体が食道を通っていった。

「どうかな？」

「ええ、とても……美味しいですわ」

「口に合ったようなら良かった」

味なんて感じる余裕があるわけないでしょう！　と叫ばなかった私、偉い。

私と王太子の間にあるローテーブルの上にクッキーが広げられたが、流石《さすが》に手を付ける気にはならなかった。

「さっそくなんだけれど、本題に入らせて欲しいんだ」

「……はい」

遂に来てしまった。私があの日起こした騒動は全て無駄だったということか。

手足の感覚がなくなる——そんな思いで私は王太子の次の言葉を待った。

「私は、いずれこの国の王となるだろう。私はこの国に平穏をもたらしたいと思っている——だ

が、その未来に辿り着くには決して穏やかとは言えない道が立ちはだかっているだろう。その時、君に支えて欲しいんだ。君のような強く賢い女性が、傍《そば》にいて共に歩んでくれたら、と思う」

ああ、これで私のやり直し人生も終わりか。

また、この男のために尽くし、そして塵《ちり》のように打ち棄てられる。

そんな未来がまた――

「(……いや、まだ)」

まだ、終われない。私はあの日、確かに牢獄で十八年の人生に幕を下ろした……それは事実だ。

けれど、今私は、逆行して別の未来を歩む機会を得た！

意地汚かろうが、はしたなかろうが、不敬だろうが、そんなものはどうでも良い。

私は、私として生きる。義妹《いもうと》に騙され、婚約者に裏切られ、人々に罵《のの し》られたあの未来以外に辿り着けるならば、今殺されたとしても悔いはない。

「僭越ながら、殿下。発言をお許し頂けますか？」

「ああ、もちろん……君の答えを聞かせて欲しい」

王太子が喜ばしげに微笑む。

……ああ、そのお前のムカつく顔面にこの紅茶をかけてやりたいくらいだよ。

さあ、笑え、セレナ・アーシェンハイド。世界で一番美しく微笑むんだ。

「お断り申し上げます、殿下。だって私……どうしても、好きな方がおりますもの」

――誰がお前なんかと添い遂げるかよ、クズ！

王太子が、唖然とした表情のまま、ティーカップを取り落とした。幸い、中身は既に空だったようで乾いた破裂音が静かなサロン内に響き渡る。

――ああ、その顔。待ってました。

「私が殿下のような素晴らしい方の隣を歩くなど――恐れ多いことにございます。いずれそう時間も経たぬうちに、殿下に見合った素晴らしい方が現れますわ」

あのクソ女――ルーナとかね！　思えば、お似合いのカップルだわ。

何年経ってもおしどり夫婦でいられるよ、きっと。

「……だが、私は君にっ」

ああ、そうでしょうね。かつての私みたいに王族に萎縮して意見も言えず、ただただ踊らされて簡単に始末出来る女なんてそうそういないからね！

けれど、今の私は違う。そんな未来、お断りだ！

「申し訳ございません、殿下。殿下のお申し出は、侯爵家の娘の私には身に余る光栄にございます。二度とこのような機会は訪れないでしょう。――ですが、私はとある方に今求婚中ですので」

ホイホイと乗り換える女なんて嫌でしょう？

「私は、その方に――殿下にも、真摯でありたいと思うのです」

いくら王家の取り決めといえども、このような場合に王命を出すことは出来ない。

いや、実際は出来るが、そのようなことをすれば王家の評判は地に落ちる。元々以前から他の

貴族を好いており、パーティーにも……直前ではあるが欠席した令嬢を無理やり婚約者の座に据えたなど、とんでもない醜聞だ。それは王家も我が家も望まない展開だろう。

──よし、言った！　遂に言ってやったぞ！

もうこれで一族諸共皆殺しだろうが、何だろうがどうでも良い。凄くすっきりした！

口元が緩むのを必死に抑えるが、中々おさまらない。

王太子が悔しそうに拳を握り締め、そして俯くのを、指を指して笑いたい衝動を抑えながら見つめていると──不意に上からクスリと上品な笑い声が零れた。

「……何がおかしい、ブライアント」

「いえ、随分と熱烈で……真摯な求婚だと思いまして」

あ、そうだった。いるじゃないか、当事者。

王太子との攻防に夢中になって、すっかり忘れていた。

見上げた先のブライアント様は、酷く愉しげに目元を歪ませていた。

貴族らしく品があるが、どことなく野性味を感じさせる荒々しい美しさだ。

私は、不意にある事実に気がついて背筋を震わせる。

──あれ、もしかしてこれマズい？

ブライアント家の呼び出しの方は子供の戯言ということで丸く収めるつもりだったのだけれどこれだと……。

「セレナ・アーシェンハイド嬢。今までの非礼をどうか、お許し下さい」

「ぶ、ブライアント様。非礼など、そんなっ」

「そして、どうか願わくば、私にチャンスをいただきたい」

先日のパーティーの際の私の言葉をなぞるように、ブライアント様が言い募る。

何か愛おしいものを見つめるかのような、そんな光を瞳に灯して。

「えっと……それってつまり……？」

明確に表すことを躊躇《ちゅうちょ》した私はぼやかしつつそう尋ねる。それに呼応するようにグレン様はその狂暴なまでに美しい笑みを深めて、言った。

「ええ、――私に、貴方に求婚させていただくチャンスを賜りたい」

閑話　侯爵夫人の言うことには

どうやら娘が何かやらかしたらしい、という一報を受けて慌てて帰ってきたのが数日前の話。

確かに娘――セレナはお世辞にも大人しい子とは言い難かったけれど、まさか王城に呼び出されるような事態になるとは露ほどにも思っていなかった。そんな言葉を夫に零せば、彼は苦笑いを浮かべながら「間違いなく君と僕の子だね」と返された。

あの子が一体何をしでかしたのかとハラハラしていたが想定していたよりもマシであったため安堵したのが昨晩のこと。そして今日、娘を王城に呼び出した張本人が目の前にいる。

「……王妃殿下」

「いいのよ、皆まで言わなくても。分かっていて、私がこの場をセッティングしたの――きっと、セレナ嬢がこの申し出を断ると信じていたわ」

移動した薔薇園の先で、かつての主人に語りかける。

彼女は俯いたまま、そう言葉を零した。風にドレスや髪を踊らせる彼女のその姿が、庭園に咲き乱れる紅薔薇と重なった。

――アリシア・ヴィレーリア。

その名を聞く度に思い出したのは王妃になったばかりの無邪気なあの頃の姿だったが、今はど

うだろう。二児の母として、王を支える妃として、彼女は輝かんばかりの魅力を身につけていた。

「あの子は……レオナルドは優秀だった。けれど、その分——傲慢《ごうまん》に育ってしまった」

「失礼とは存じますが、王妃殿下。そのようには、思えませんが……」

私の言葉に、彼女は儚《はかな》げな笑顔を浮かべる。

そうして、彼女は咲き乱れる薔薇の一輪の輪郭をなぞりながら口を開いた。

「外面《そとづら》が良いだけよ。それに、今は取り繕えたとしても——一度も挫折したことがないというのは、この貴族社会においてあまりにも命取りだわ。何でも手に入る。何でも思うままに出来る。その傲慢さはいずれ身を滅ぼす……それに、そのような人間を、私も陛下も王の座に据えたくはない」

息子が傍らで息を呑むのが分かった。

「このようなことにアーシェンハイド家の皆様を巻き込んでしまい、申し訳なく思うわセリア。今後この件に関してアーシェンハイド家に責めや不利益が及ばないように尽力することを、陛下と私の名において誓うわ」

王妃殿下が差し出したのは一枚の契約書だった。手渡されたその紙を、戸惑いつつも受け取る。

ざっと見た内容は、王妃殿下の言った通り、この件に関してアーシェンハイド家およびセレナ個人に不利益や責めが及ばないように力の限りを尽くすことを宣言するもの。

これは魔法契約書と呼ばれる稀少な契約書であり、この契約書にサインした者は記された内容に反することは出来なくなる。我が家のような高位貴族でさえ滅多に使うことの出来ないものを、

この場に持ち出してくる――王妃殿下方の覚悟が伝わってくるような気がした。

「……それにしてもセレナ嬢は末恐ろしいわね」

「娘が何かご無礼を……？」

いいや、ここ数日間に働いた無礼を上げればキリはないと思うが――温厚な王妃殿下にそう言わしめる程ではなかったように思える。

彼女はクスリと笑いを浮かべた。

「いいえ、褒めたのよ。最近の令嬢といえば見目ばかりにこだわってきゃあきゃあ言うばかりで、ちっとも相手の本質を見抜こうとしない。……けれどセレナ嬢はあの愚息の本質を見抜き、見事に面倒な世話役の座から逃れた」

「あれくらい勘の鋭い女性がレオナルドの……いいえ、それでは駄目なのよね、はぁ……」と眉間を指先でつまみながらため息を零す。

その姿に、王妃の重責を負いながら何とかその日を生き延びていた、あの少女の面影はなかった。

「王妃殿下、失礼とは存じますが、一つよろしいでしょうか？」

「ええ、もちろんセリア。友人――戦友の言葉を咎《とが》めることなどしないわ」

「……ご立派に、なられましたね」

私の言葉に目を丸くした王妃殿下は、やがて「そうね、そうだと良いのだけれど」と呟くと、少女のように笑った。

第二章　逆行悪役令嬢は巻き込まれる

「(……マズい、マズいわ)」

ガタガタと揺れる馬車の中で、私はまさに放心状態に陥っていた。

そう、セレナ・アーシェンハイドは窮地に追いやられていたのだ。

――王太子の婚約話は回避したものの、今度はブライアント様に目を付けられてしまった。

いや、最初に目を付けたのは私だけどね！

まさか、本気にされるとは露ほども思っていなかったのだ。自分で言うのもあれなのだが、十二歳の戯言でしょう……？　と。もうちょっと若ければまだ「お父様と結婚する～」が通用する歳だし、十二歳といえば何かと多感な時期。

それを狙っての発言だったはずなのだけれど――

「(いや、でも確かに……)」

数日間にわたって求婚し続けたら、相手が本気になるのも……仕方がない⁉

落ち着け、落ち着きなさい、セレナ。

こういうときは、逆に考えてみることにする。逆に、私がブライアント様の立場で、お会いする度に求婚されていたとしたら――想像しただけで、ぼんっ！　と音を立てて顔が赤くなった。

これは、仕方がないわ。私だってきっと惚れてしまうもの……！

「セレナ？　お前馬車に戻ってきてから様子がおかしいよ……いや、様子がおかしいのは数日前からだけど」

いつまでも挙動不審な私に、兄がおずおずと話しかけてきた。そんな兄に「大丈夫ですわ」と微笑みかけ、私はまた思考の海に浸かる。

こんな私でも、誉《ほま》れ高きアーシェンハイド家の一員。己《おのれ》の発言には責任をとり――あの方が望まれるのならば、必ずや幸せにする！　それはもちろん、覚悟の上だけれども……。

「(今思うと、なんだか恥ずかしい……！)」

目前の危機を逃れた余裕からか、逆行してからの自分の行動を振り返ると凄く恥ずかしい！

手近にあったクッションに顔を埋めて精神統一を図る。このふかふかのクッション……結構良いな。

一旦落ち着いて状況を整理してみる。

まず、私が回避しなくてはならないのは王太子の婚約者になることと、義妹に冤罪を着せられること。

前者は恐らく今回の一件でもう手出しは出来ない。これは一安心だ。後者は当事者たる本人が現れていないのでどうしようもない。

そして新しく出来た問題――ブライアント様の件。

貴族令嬢たるもの、歳の離れた御方と結ばれることや意に沿わない方と添い遂げることにも覚

悟は出来ている。もちろん、王太子は別だけど！

けれど、ブライアント様の方はお好きな方がいるかもしれないし——

「(……あれ？)」

そこで私はふと気がついた。

ブライアント様は求婚するチャンスが欲しいと言っていた。一般的な常識で考えると、この発言をする人に恋人などの好いた御方はいないと思われる。

いや……でも、王太子のようなとんでもない奴らがいるから、あながちそうとは言い切れないけど。

一つ懸念事項を挙げるとすれば、私が嘘を吐いて求婚している点もあるが、そういうレアケースを考慮せず、ブライアント様がこの婚約に乗り気だとするならば……？

「(もしかしてこれ……問題、ない？)」

——ブライアント邸に呼ばれるまで、あと二週間。

＊＊＊

大空にはまるで墨でも流したかのような色の分厚い雲が広がり、どこからともなくゴロゴロと雷鳴の唸り声が聞こえる。雷を腹に抱いているのであろう雲は時折その腹を光らせる。

なんて、なんて……！

「――なんて素晴らしい朝なの……！」

「遂に壊れましたか、お嬢様」

もう、ノーラったら失礼ね！

頬を膨らませて不満を伝えてみるも、歴戦のメイドにはあっさりと流されてしまった。く、悔しいわ……！

逆行する前までは雷魔法を専攻するまあまあ優秀な魔導師だったと自負している。

流石にお兄様には勝てないけれど、それでも学年の中ではトップクラスだったから！

雷系魔導師が雷雲の朝を喜ばずして、一体何を喜べば良いのか。

「まるで雷神が祝福しているみたいね」

「朝、王宮へ出勤なさる前にセベク様が同じ様なことを言っていらっしゃいましたよ。……テンションには天と地ほどの差がありましたけれど」

ああ、お兄様偏頭痛持ちだからだろうか。

雨の日や雷雨の日は頭痛が酷いのだとぼやいていたのを思い出す。

お兄様が荒れ狂う風の中でも微動だにせずいられるように、私は雷に打たれても平気だ。

もはやシャワーと言っても過言ではない。

「後生ですから、自分から雷に撃たれに行くのはやめて下さいね。心臓が止まります」

「やぁね、ノーラ。そんな程度じゃ私の心臓は止まらないわよ？」

「……いえ、お嬢様のではなく私の心臓が」

魔導師が雨や雷、風にテンションが上がるのはごく普通のことなのに！

用意された水で顔を洗っていると突然、こんこん、と窓が鳴った。風が強かったから小石でも当たったのかと顔を上げると、ノーラが困り顔で何かを差し出してくる。

「……お嬢様、こちらを」

「……〝手紙鳥〟？」

手紙鳥は魔法具の一つで、便箋に伝えたい内容を記し、規定の方法で折り畳み、表側に届けたい目的地の住所を書き記した上で魔力を注ぐことで、鳥の形に変化し住所まで飛んでいくという代物だ。製作方法も簡単で量産が出来るため、意外と安価で手に入る。また、普通に手紙を出すよりも早く届くため重宝されていた。

私の掌にひょいと飛び乗った紙の小鳥は、みるみるうちに一枚の便箋に姿を変える。

「点検いたしましょうか？」

「……いいえ、ノーラ。ありがとう、たぶん大丈夫よ」

友人達か、それとも仕事中のお父様からか、と疑問を巡らせる。うーん、どっちもありそう。

しかしその疑問は、綴《つづ》られた走り書きの美しい文字を見た途端に解決する。

「――お兄様だわ」

そそっかしく、何かと酷いお兄様だが案外字が綺麗な男なのだ。

くるりと手紙を裏返すと、たくさんの余白の中綴られた文字はたったの一文。

――書類を忘れたので届けて欲しい。

……それだけだった。

「まったく、妹使いの荒いお兄様ね」

「すぐ向かわれますか？」

「ええ」

まあ、ないと困るだろうし届けてあげようじゃないか。

私はノーラの問いにこくりと頷くと、メルに王城に入っても問題ない程度のドレスを選んで欲しいと頼む。

「それでは馬車をご用意いたしますね……ああそれと、馬車の中で召し上がれるような朝食も」

「ありがとうノーラ、助かるわ」

＊＊＊

さてさて、またやって参りました王城！

――と言ってもお兄様の働く魔導師研究棟や訓練場のある王宮は、高貴な方々の住む王城からは離れており今回は正門からではなく裏門から登城する。

馬車の家紋と、私の「セレナ・アーシェンハイドです。王宮魔導師団所属の兄、セベクの忘れ物を届けに来ました」という言葉を確認した門番が、特に問題なく門を通してくれる。

しかも、この門番は何かと人の良い男で「お兄ちゃんの忘れ物を届けるなんて偉いなぁ！」と

褒めてくれた。

うわぁ、いい人だ。貴方が出世出来ますように！

馬繋場から離れると、いくつもの棟が立ち並んでいるためかなり道が入り組んでいる。

そういえば、私この辺はあまり出入りしたことがないかも……？

前回では卒業論文のために何度か通ったこともあったが、それも片手で事足りる程度の回数。

何とか記憶を頼りに進んでみるが――。

「……うわ、やらかした」

そう、迷子だ。今は十二だけれど、精神年齢が十八にもなって迷子になるとか恥ずかしすぎる……！　こんな風になるなら最初から誰かに声をかけて案内して貰えば良かった。

質素かつ実用的な棟はどこを見ても似たようなものばかりで特徴がない。そのため、もう馬繋場にすら辿り着けない。ついでに人気もなく酷く閑散としている。

「……と言うか」

十二歳の段階ではその辺りに立ち入ったことがないのはお兄様も分かっているはずなのに、何故迎えに来てくれないのだろうか⁉　貴方の忘れ物だろうが……！

とりあえず足を止めてもしょうがないのでフラフラと歩き続ける。

当てもなく歩き続けているとだんだんと人の声が聞こえてきた。

もしかして、もしかすると魔導師団の訓練場⁉　人が居るだけでこんなに嬉しくなるのは初めてだわ。

覚束ない足取りが、急に確かなものとなる。そして、だんだんと大きくなる声に導かれるままに歩き続けると、急に棟と棟に遮られていた視界が開けた。

「……違うわ」

そこは、訓練場は訓練場でも騎士団の訓練場だった。

まあ……一応人が居るし……それはそれでいいけども。

赤煉瓦造りの塀から訓練場を見下ろす。

階段を上った記憶は無いから、恐らくこの訓練場は地下に作られているのだろう。

そして天井を吹き抜けにすることによっていつでも上から眺められる、と。

カン、カン、という不規則な音に混じって甲高い金属の切り返しの音が聞こえる。

騎士団の訓練なんて、初めて見た。見たことがあるのはせいぜいお母様の日課の素振り程度。

貴族の子息令嬢などが通う王立エリシオン学院にも騎士科という学科は存在していたけれど、逆行前に私が通っていた普通科とはあまり接点がなかったので訓練風景を見るなどの経験はない。

多くの人が集まって模擬戦を行う姿はまさに圧巻だ。

身を乗り出す――とまではいかないが、当初の予定をすっかり忘れて食い入るように眺めていると、不意に一際大きな音が響いた。

音に反応して視線を上げると、棒きれ――木剣がくるくると弧を描いて宙を舞っているのに気がついた。

……ん？　あれ、こっちに来てない⁉

不測の事態に体が硬直する。

まって、訓練場からここまでかなり距離があるんだよ⁉

しかもこんな場所にピンポイントで飛んでくるなんて、どんな確率なの⁉

反応が遅れたがために、魔法の準備は間に合わない。……これは、痛みに耐えるしかない！

衝撃を覚悟してぎゅっと目を瞑《つむ》り、身を固くしている――が、想定していた痛みはついぞ届くことはなかった。

代わりに、カンッと軽い音が響く。

「――こんな所にご令嬢がお一人など、危ないですよ、マイレディ？」

「ブライアント様……‼」

私の背後に立ち、頭数個分低い私を見下ろしていたのは、美しい狼耳の持ち主――グレン・ブライアント様だった。

「おーい、グレン！　お前突然走り出すんじゃねぇよ！」

「朝飯吐くかと思ったわ。あー脇腹痛ぇ……ん？　そのお嬢さんは？」

グレン様が来たのであろう方向から、若い騎士がパタパタと走ってくる。

一人はアッシュグレーの髪に緑の瞳の長身の青年。もう一人は黒緋《くろあけ》の髪に茶色の瞳の青年だ。

年の頃は二人とも、グレン様やお兄様と同じくらいの十代後半だろうか。

「ジオ、アレン、はしたないぞ。貴族のご令嬢の前だ」

「ごきげんよう、騎士様方。セレナ・アーシェンハイドと申します」

ふわりとスカートをつまみ、軽くカーテシーを披露した。

……ブライアント様の同僚ならば好印象を持たせておきたいなんて邪《よこしま》な気持ちなんてない！

二人は私の挨拶を聞くと目を丸くしつつ、お互いの顔を見つめ合う。

「アーシェンハイドって――あの王太子殿下をふった⁉」

ああ……既にその噂、もう王宮内で広まっているのか。箝口令《かんこうれい》とか敷かれてないのか。まあ別に良いよ、ふったのは事実だしね！

ちなみに、王太子殿下の婚約者はメープル伯爵令嬢が選ばれたそうです。

うんうん良かったね、私の代わりに地獄の妃教育と嫌がらせの嵐に頑張って耐えてね。

「というかセレナ嬢……って、グレンに求婚しているっていうご令嬢だ……ですよね？」

「はい、今はまだご承諾をいただけておりませんが……」

「やっぱり！　隊長達が騒いでいたんだよ、貴族のお姫さんがグレンを口説いてるって」

うーわ、そういえばパーティー会場にはブライアント様以外にも騎士達は居たんだよね！　そりゃあんな目立つところで騒いだら上司同僚の皆さんには気づかれるわ。

思い出すとだんだん恥ずかしくなってきたので、私は半ば無理やり話題を変えた。

「あの、先ほどは助けていただきありがとうございます」

「いえ、貴方に怪我がなくてよかった」

今日のブライアント様の微笑みは、野性味溢れるソレではなく貴公子のそれだった。

うんうん、これはこれで素敵だわ……！　不覚にも見とれていると、耳元でこの間のブライアント様の言葉が蘇《よみがえ》る。

『――私に、貴方に求婚させていただくチャンスを賜りたい』

意識するな、と思えば思うほど心臓がバクバクと音を立て顔が赤くなりそうになる。

思えば、私を木剣から守るために近づいてくださったのだけれど、ちょっと近いかも――なんて⁉　……いや興奮しすぎだわ、平常心平常心。

「……それで、今日はこんな場所にどうかなさったのですか？」

はっ！　いけない、いけない。

当初の目的をすっかり忘れていた……！

「魔導師団に所属している兄の忘れ物を届けに来ていたのですが、道に迷ってしまって……」

私は左手に持っていたバスケットの中から茶色の大きな封筒をチラリと覗かせてみせた。中にはもちろん兄の忘れ物の書類が入っている。

すると、黒緋の髪の騎士様――アレン様がこくこくと頷いた。

「あー……この辺は入り組んでいるし似たような場所ばっかりだもんな。グレン、俺達から隊長には伝えておいてやるからセレナ嬢を送って行ってやれよ」

「頼んだ。……それと」

ブライアント様はアレン様の胸倉を掴んで自分の方へと引き寄せる。

え、え⁉　胸倉を……⁉

ブライアント様、どうかなさったの⁉

「……軽々しく彼女の名前を呼ぶんじゃない」

「あー……はいはい、分かったよ。悪かったたって」

な、なんだ、そんなことか……。

確かに、ヴィレーリアには未婚の女性のファーストネームを呼ぶのは許可が必要とか何とかっていう古い慣習はある。でも近頃そんな慣習を守る人はいない――むしろ知らない人も多いんじゃないだろうか？　私だって妃教育を受けなければ知らなかった、と言う程度の代物。ブライアント様は教養がおありなのね。

「あの、ブライアント様、私は大丈夫ですよ……？」

そんなことで怒ったりするような狭量な女ではないので、安心してくださいね……！　という意図を込めてじっと見上げてみせる。……が、何故かブライアント様は困ったように眉を顰《ひそ》めた。

「……私が大丈夫ではないのです」

「……？」

やっぱり、風紀はきっちりかっちり守りたいタイプなのかな……？

風紀も倫理観もゆるゆるな王太子と比べると――いや、あいつと比べるのはブライアント様に失礼か。

とにかく、そういうところは好感が持てますね……！

「それじゃあ、後は頼む」

「あのジオ様、アレン様、ありがとうございました。失礼いたします」

最後に少しばかり頭を下げたあと、顔を上げて二人を見れば、揃って苦笑いを浮かべていた。

――何かおかしなことをしただろうか？

そうして、私はブライアント様にエスコートされるようにその場を後にしたのだった。


「セレナ……！　それに、グレンまで」

ブライアント様に案内されて魔導師団の棟に辿り着く前に、目的の人物は現れた。

角から飛び出してきたのは兄、セベク。

お兄様はこちらを見て驚いたように目を丸くしつつ、手は早く書類を寄越せと言わんばかりにこちらに差し出している。それはちょっといかがなものかと思います、お兄様。

「お兄様、ごめんなさい。道に迷っていましたの」

「ああ、迎えに行ったけれどいなかったから、たぶん入れ違いになっていたんだろうな。……それで、なんで二人が一緒に？」

無事に忘れ物を受け取った兄が首を傾げる。まあ確かに普通に通行人に道を聞いて案内して貰いました――って場合を想定すると、最近何かと話題のブライアント様と一緒にいるのは不思議に思うよね。人が多く出入りするこの辺りの棟で、ブライアント様一人を引き当てるのは相当な運が必要だ。

「彼女が騎士団の訓練棟まで迷い込んでいたので、保護して案内していたのですよ」

「ああ、なるほど。悪かったな」

お兄様の謝罪……お礼？　にブライアント様はふっと口元に笑みを湛えて、かぶりを振った。

「いえいえ、僅かな間でしたがセレナ嬢と時間を共有出来て幸運でした」

あら、お上手……！　やっぱりこういうさりげない誉め言葉が令嬢をメロメロにさせるのよね。

私もちょっとだけ、キュンときそうだったけれど王太子の顔がチラついてなんだか消化不良だ。

くそ……王太子が同じ言葉を言っていなければ、素直にキュンキュン出来たのに……！

やっぱり以前から思っていたけれどブライアント様はモテるタイプね、うん。

「そうだセレナ、せっかく研究棟に来たなら魔力測定でもやって――」

――カン、カン、カン、カン、カン、カン……

お兄様が口を開いた瞬間、どこからともなく甲高い鐘の音が響いた。

先ほど通過してきた城門付近にある一際大きな棟。上部には大きな鐘が設置されている。

物見櫓《やぐら》として主に使用されている物であり矢狭間《やざま》などのような物騒な物まで取り付けられている。簡易版の砦、と言ったところだろうか。

先ほどの裏門のみではなく東西南北それぞれの門と、正門にも同じ様な物が設備されている。

万が一、王城が攻められた場合の最後の砦となるように。

その鐘は通常鳴らされることはない。

鐘が鳴るのは王族の訃報か、王子王女の誕生の知らせか、結婚式などの祝い事か――

「七度の鐘の音――何か異常が起きたようですね」

「方向は王都の北西部か……こりゃ厄介だな」

――災害級の異常事態が起きたときに限るのだ。

うーん、なんかこの鐘の音……引っかかるんだよな。

精神年齢十八歳にとってはもう六年も前の話だし、逆行前も含めてここ数年はストレスばかりだったから上手く思い出せない。

私が生きてきた十八年間――私は三回だけこの鐘の音を聞いたことがある。

一度は第二王子殿下が生まれたとき。そして残りの二回は王都に魔物が現れたときだった。

魔物はSS、S、A、B、C、D、Eまでの七段階のレベルが振り分けられており、その内SSからAまでの魔物が王都に接近した際に鐘が鳴らされる。

三年前、ちょうど私が学院に入学した頃。あの日に確認されたのは、Aランクのグリフォンだったはず。

そして前回、このくらいの時期に現れた魔物は――。

「……サンダードラゴンだわ」

「ど、ドラゴンが！　ドラゴンが出たぞ‼　サンダードラゴンだ！」

そうだ！　六年前は友人のお茶会に参加していたからあまり深い事情は知らないけれど、サンダードラゴンが王都上空に現れたことがあったはず。当然、当時十二歳の令嬢が討伐に狩り出される訳もないし、友人宅にいたので事なきを得たのを憶えている。

……あとは、その日の夕方にお兄様が討ち取ったサンダードラゴンの肉を分けて貰って帰って

きていた。高級食材の代名詞ドラゴンの肉なだけあって、油のノリが良い上にパチパチと弾ける食感が面白いのだ。

「セレナ、お前は帰りなさい」

お兄様に促されたものの、私は頷くか頷くまいか若干躊躇《ためら》った。

だって、今回功績を挙げれば、あのお肉をもっといっぱい食べられるのでしょう……!?

令嬢は食が細いだの何だのと幻想を抱かれがちだがそんなことはない。魔導師は大食いという格言もあるので、私がお肉を食べたがっていても何も問題はないのだ！

王太子には会いたくないが、幸いにもやつは今日どこかのお茶会に呼び出されていて王城にはいない。無理をして帰ってくるような男でもない。

お兄様には悪いけど丁重にお断りを――と思ったところで、ブライアント様が口を開く。

「いや、今帰宅するのは逆に危ないのではないでしょうか？　鐘の知らせでは、ドラゴンが現れたのは北西方向――貴族街の方でしたよね」

アーシェンハイド邸は貴族街、つまり王宮から見て北西方向に位置している。ブライアント様はドラゴンとの遭遇を危惧したのだろう。

「ああ、なるほど……ならば研究棟の地下施設に――」

「その必要はございませんわ、お兄様」

「……何？」

訝しげに見下ろすお兄様に負けぬよう、私は精一杯に胸を張る。

「お兄様はお忘れになりまして？　私は、雷魔法を専攻する魔導師ですのよ。ドラゴンの扱う雷などシャワーみたいな物ですわ！」

だから私も、肉祭りに参加させて欲しいのです！

＊＊＊

ところ変わって、魔導師団の訓練場。ここは王宮内で最も北西方向、即ちサンダードラゴンに近く、多少交戦を行っても問題のないスペースとなっている。

既に到着していたとある魔導師の話によれば、不幸なことに、雷魔法を専攻する王宮魔導師は現在別件で出払っており、極端に少ない状況なのだと言う。

前回では学院を卒業する寸前で命を落とした私だったが、現在は十二歳の少女。本来は保護対象になるのだが、何せ緊急事態であるし、優秀と評判のセベク・アーシェンハイドの妹だということで、戦闘に参加する許可が下された。

「よしセレナ、これだけは絶対に守るようにな。勝手にうろつかない、近くの大人の指示に従う、危険になったらすぐ逃げる！　あと出来るだけグレンの傍にいることも！」

「はい、お兄様！」

全くお兄様は心配性ねぇ、などと生暖かい視線を送ると嫌そうな顔をされた。

別に、そんな顔しなくてもいいじゃないですか……。

「――グレン、絶対セレナはこの言いつけを守れないから……それだけ心に留めておいて貰えると助かる」

まっ、お兄様⁉　嘘を吐かないで下さい！

反抗の意を込めてキッと睨み上げてみたが、お兄様はこちらを見ようともしない。ブライアント様はこの一連のやりとりを黙って静かに見つめていたが、やがて可笑しくてたまらないよという様子で笑い始めた。

「大丈夫ですよ、セベク。命に代えても妹君を――セレナ嬢を守りますだから！　Sランクドラゴンの雷程度じゃ死にませんから！

「ドラゴンが王城に近づいてきているぞ！」

「よし、じゃあ行ってこい！」

見張りの報告を聞き、お兄様は活を入れるように私の背を軽く押した。

王城の城壁に登ると、王都を一望することが出来た。その上空に黒い胡麻粒のような何かが存在している。見張りの皆さん曰く、あれがサンダードラゴンなんだそう。

「……まだ、遠いですね」

「確かにここから見ると遠く見えます――が、サンダードラゴンの飛行時のスピードは魔物内屈指と言いますから間もなく王城に辿り着いてしまうでしょうね」

傍らに立つブライアント様の知識に感嘆する。

へぇ、そうなのか。私はお肉が美味しいことくらいしか知らないな……。

城壁には数名の魔導師達が待機していた。

先ほど伝えられた作戦は、まず城壁から魔法攻撃を行い、王城を抜けた先の森林まで誘導する。そして、森林で待機している騎士団の皆さんに仕留めて貰う――という単純明快なものだった。

誘導役には攻撃を受けても怪我を負うことのない雷系魔導師と、雷属性に優勢を示す地系魔導師の数名が選出され、こうして城壁で待機している。まあ最悪、腕の一本二本もげたとしても王城には光系魔導師が常駐しているから治して貰えるしあまり心配はしていない。

「……震えていらっしゃる？」

「……いいえ」

ブライアント様の問いかけを、私は一度否定した。

……まさか美味しいお肉を前によだれが止まらず、何とか抑えているなんて言えるわけがないよね！

恥ずかしすぎてもう一度私は否定し直す。

「いいえ、これは――武者震いですわ」

……ということにしておこう！

でも、一応念のため、怖くないということは伝えておく。

「大丈夫ですわ。私が、ブライアント様をお守りいたします」

「それは――頼もしい」

ブライアント様は初めて出会ったあの日のように、くっくっと喉を震わせて獰猛な笑みを浮か

べた。

「ええ、幸せにするとお約束いたしましたもの」

対抗するように、私も笑顔を浮かべる。出来ている……のか？　ちゃんと笑えているかしら？

――ドラゴンが目前に迫ってくる。


「――来ましたわね、に……サンダードラゴン」

危うく肉と言いかけたのをキリッとした表情のまま回避する。

私達に与えられた任務は仕留めるわけではなく誘導なので、致命傷を与えたり、無駄な攻撃をして激昂させたりしなければ問題ない。

サンダードラゴンは雷を追いかけて大陸中を巡る渡り鳥ならぬ渡り竜で、今回王都にやってきたのも今朝方、王都近郊で雷雲が発生していたからだろうと推測されている。だからその特性を利用して、雷魔法で誘導しようという話になっていたのだけれど――。

「くそっ！　そっちじゃねぇよ、ドラゴン！」

「おいおい、これ以上軌道が逸れると王都にも影響が出るぞ！」

魔導師達が必死にドラゴンを誘導しようとするが、当のドラゴンは中々言うことを聞かず明後日の方向へ飛び去ろうとする。

うーん、これは中々困ったぞ。

そもそも雷魔法というのは軌道が逸れがちなので誘導が上手くいかないし、サンダードラゴン

という種は人を嫌う。そのため王都や王宮という人口密度の高い場所に迷い込んでしまったがゆえにパニックに陥っており、誘導に応じてくれない。加えてドラゴンが想定よりも上空を飛行しているため、操作が難しいのだ。

「(……どこか高い建物は)」

もう少し距離が縮まれば、格段に操作が楽になるのだが……。

ぐるりと辺りを見渡すが、やはりこの城壁が限界のようだ。あるとしたら、城の屋根くらい？　でも足場が悪すぎるし、どうやって移動すればいいのか……。

思考を巡らせていると、不意にドラゴンが長い首でこちらを振り返り閃光を放った。

あ、やばい！　私は大丈夫だけど、ブライアント様が丸焦げになる……！

せめて避雷針になるように腕を伸ばしたのも束の間、私の体はふわりと軽く宙に浮き閃光を避けた。

「わっ……！」

「――失礼、危険かと思いまして」

私の体はすっぽりブライアント様の腕の中に収まっていた。いわゆる、お姫様抱っこというやつである。

うう……私がお守りすると意気込んだのにこのザマですよ。これはどこかで挽回するしかない。

ブライアント様は閃光を避けた後、余裕の様子で着地した。

驚異の滞空時間だった……！　ジャンプ力が半端じゃない。

流石は獣人、運動能力がずば抜けている――。

「……あっ！」

そうか、その手があったか。

私はブライアント様の袖をつんっと引っ張る。

「ブライアント様、お願いです。もう少しサンダードラゴンに近づきたいのですが――」

最後まで言い切る前に、意を汲み取ったブライアント様は、一つ頷くと助走を付けて飛び上がり――危なげもなく王城の屋根へと飛び移った。

「もっと高いところの方がよろしいですか？」

「いえ、十分過ぎるほどですわ！　ありがとうございます」

屋根の中でも周りより少し高くなっている所を見つめながら問いかけるブライアント様に首を振りつつお礼の言葉を述べる。

そっと屋根に降ろして貰うと不意に視界に影が落ちる――空を見上げると、ぐるりぐるりと伸びやかな動きで王城上空を旋回するドラゴンの姿があった。

よしよし、想定通り！

魔法の準備を始めると、掌の中で稲妻が躍る。

小規模な魔法であれば短縮詠唱や無詠唱でも良いのだが、規模の拡大や正確性を求めるならば詠唱が必要となってくる。もっともっと精度を求めるとなると杖などの補助道具が必要だが、生憎今の私は持っていない。今回は絶対失敗出来ないので、私は中級雷魔法の詠唱を口遊《くちずさ》んだ。

「――お前は雷神の吐息　迷える旅人の道標　お前は私の金色の矢　彼方まで切り裂く閃光の矢《中級雷魔法：雷鳴の光矢》」

掌の稲妻が一瞬縮小する。その隙を狙って弓を引くように稲妻を引き延ばす。荒れ狂う様な稲妻の矢を放つと、目にもとまらぬ速さで輝く金色の矢が空を切り裂くように飛んでいった。

金色の矢はドラゴンの羽を掠《かす》めたかと思うとその脇を通り抜けて目的の地――王城裏の森へと駆けていく。

サンダードラゴンは一度その場で身を翻《ひるがえ》すと、その軌跡を追うように羽ばたいていった。

「……やったか⁉」

城壁の魔導師達から歓喜の声が上がった。ふう……これで一安心だと思いたい。

「ブライアント様、森へ向かいましょう」

危険なのは重々理解しているが、向こうの様子も気になる。やらないよりはやった方がマシ！

とどこかの偉い賢人も言っていたし、とりあえず向かってみることにした。

＊＊＊

森の中は一切人の手が入れられておらず、荘厳な自然が広がっていた。

大人三人が手を繋いで輪を作っても足りないような太い幹の大木、地面を隆起しながら張り巡らされた荒々しい木の根。それらが無造作に生え、いかにも走りにくいであろう地面をブライア

ント様は物ともせずに颯爽と駆け抜けていく。私も別に運動神経がないわけじゃないし、むしろ若干自信があるタイプだったんだけれど、やっぱり獣人のブライアント様は段違いだわ……！

ブライアント様と、私含む魔導師の皆さんの集団はみるみる引き離されていく。

箒！　ここに箒さえあれば……！

魔法具の代名詞箒は魔力を注ぐことによって浮遊する優れもので、その歴史は長く、始まりの魔法具とも言われている。……いや、道具に頼りきりなのは良くないか。どんな職業であれ体力は基本だからな。

と言うことで深窓の令嬢枠なはずの私と、ガチガチのインドア派の魔導師の皆さんが必死に走る。

すると、胡麻粒のように小さくなっていったはずのブライアント様の姿がみるみる大きくなっていた。私達の足が奇跡的に獣人の速さに追いついた――わけではなく、ブライアント様がこちらに走って来ているのだ。

ブライアント様は無言でこちらまで駆け寄って来たかと思うと、「失礼します」とだけ呟いて私を横抱きにした。

背後からは魔導師の皆さんの「グレン、俺達も連れていけ！」「美少女を独り占めなんてずるいぞ！」などといった、分かるようで分からない叫びが飛び交うが、ブライアント様はそれらを軽く笑って一蹴する。

「――何を怠けたことを。それだけ叫ぶ元気があるのであれば走れるはずです。自力で来て下さ

い」

　なるほど、これが大人の余裕ってやつなのね……。

　私が赤面するのをよそに、魔導師の皆さんとの距離はあっと言う間に離れていく。良かった、これで顔が赤くなったのには気が付かれなさそう……？

「ごめんなさい、私の足が遅いばかりに……」

「いえ、そういうことでは無く……セベクと約束したとおり、怪我をされてはいけませんし――これは私の特権ですので」

「でも……」

　うっ……流石受け流しも完璧だわ……！

　それでもやっぱり申し訳ないものは申し訳ない。そんな私の意を汲んでか、ブライアント様は呟く。

「それでは、私をファーストネームで呼んでいただく、というのはいかがでしょうか？」

「お名前を？」

「ええ、今私が一番して欲しいことをしていただく――これで等価交換になりませんか？」

「それとも貰いすぎでしょうか？」とブライアント様が眉を八の字にするので、私はぶんぶんと音が出そうなくらいに首を横に振った。

「グレン様――とお呼びすれば良いのですよね……？」

　おずおずと名前を呼ぶと、途端無表情に近かったブライアント様――グレン様の顔に何とも言

えない優しい笑みが灯った。警戒のためにぴんっと立っていた耳が、ぺちゃんと柔らかく潰れる。

「以後、そう呼んでいただけると嬉しいです。求婚して下さっている方に……好いた方に、ファミリーネームで呼ばれるのは些《いささ》か心が痛みまして」

「す、好いた方⁉」

驚きすぎてむせる私に、「大丈夫ですか？」と大して変わった様子もなく尋ねるグレン様。

いや、そりゃ驚きますよ！　『求婚させていただきたい』なんて言われていたけれど、こんな風にストレートに言われたのは前回含めて初めてだからね……！

「――あれだけ情熱的に求婚され、国内でも一位二位を争う好物件の王太子殿下との婚約も目の前で蹴られて、気にならない男などいませんよ」

な、なるほど……？　私にとって王太子との婚約は死んでも嫌だ！　というお話だったけれど、普通はこれ以上ない幸運だものね。

王族との婚姻を断る貴族なんてそうそういないし。

「（これは……）」

ますます、手近にいたグレン様に求婚しました！　なんて言えない雰囲気だぞ……？

森の中心部へと近づくにつれ、交戦音が大きくなっていく。

森が不自然に開けた場所へと辿り着いたとき、再びサンダードラゴンと相まみえることとなった。

先ほど誘導を行ったときよりも羽が幾ばくか傷ついていて、とても飛び立てる状態ではなさそうだが、致命傷は与えられていないのだろう。五分五分と言ったところか。

「あ、お兄様だわ……！」

グレン様の腕の中から最前線の様子を窺っていると、サンダードラゴンの右翼側で魔法を繰り出す魔導師の姿があった。そう、本来後衛職の魔導師であるのにも拘らず、最前線に立ち戦闘に参加していたのは兄、セベクだった。

流石にこのまま飛び出すわけにもいかないので、近くの茂みに身を潜めて様子を窺う。

人生二回目、精神年齢十八歳の王太子の元婚約者とはいえ、流石にドラゴンの討伐経験はない。誘導役は買って出たものの、これじゃあただのお荷物だ。

戦闘で役に立てないのなら何か情報を出せると良いのだけれど……。

「(サンダードラゴン、サンダードラゴン……？)」

そういえば、卒業論文を手伝って下さった魔導師の方が雷魔法について何か言及していたような……？　喉元まで出かかっているのに、どうしても答えに辿り着けない。

うっ……モヤモヤする。

そうこうしているうちに、お兄様がサンダードラゴンの尾になぎ倒され後方へ吹き飛んだ。

その身柄が私たちの潜む茂みより五メートルほど右に飛ばされたのを確認し、はっとグレン様を見上げる。私の視線の意図を正しく汲み取ったグレン様は恭《うやうや》しい手つきで私を地上へと降ろしてくれた。地に足が着くや否や、私はお兄様が吹き飛ばされたであろう茂みへと駆け出した。

「お、お兄様っ……！　大丈夫ですか⁉」

「――ああ、セレナか。受け身を取ったから問題ない」

吹き飛ばされたはずが、意外にもけろっとした様子でお兄様は身を起こす。念のため腹部を確認したが、かすり傷程度の物はあるものの目立った外傷はない。

なんだかそのセリフ格好いいな……いつか一度は言ってみたい……。

「セベク、大丈夫か？」

「ロベリア先輩。はい、特に問題はないです……が、そろそろ魔力が危ないかもしれないですね」

「それは他の者も同様だな。想定よりも魔力消費の速度が速い。かといって不利属性の水系魔導師達を出すわけにも……」

左腕を押さえながら現れたのは、暁色の美しい髪を一つの三つ編みにまとめた、王宮魔導師の女性だった。やや釣り上がった金色の猫のような瞳が彼女の美しさを際立たせる。

私は彼女のその面影に見覚えがあった。

「ロベリア・ジェイス様……？」

「ああ、私がロベリア・ジェイスだ。よく知っているな……セベクから聞いたのか？」

私がかつての恩師の名を呟くと、彼女は不思議そうにしながらも私の発言を肯定した。

ロベリア様は私が卒業論文を書いていた今から六年後に王宮魔導師団の研究所で所長として勤務していた炎系王宮魔導師の女性だ。明るく溌剌としているお姉さんという印象が強い。

世間一般で言うと、ロベリア・ジェイスと言えば、魔法相性の見直しに貢献した賢女として知られている。

この世界の魔法は、炎、水、花、雷、風、地、氷、光、闇の九つの属性で分類することができる。そして、光と闇を除くそれぞれの属性間には相性というものが存在する。

従来であれば、水魔法は炎魔法に強く、炎魔法は花魔法に強い。花魔法は地魔法に強く、地魔法は風魔法に強い。そして風魔法は雷魔法に強く、雷魔法は水魔法に強い――といった塩梅にぐるりと円上に記すことが出来た。

しかし、ロベリア様の研究によりその相性が見直されることとなった。この発見は魔法界に大きな影響を及ぼし、彼女は王宮魔導師の長として任命されたと言うわけである。

「(……あ、そっか！)」

打開策、思いついたかもしれない！

「さてさて、これは一体どうするべきかねぇ……」

ロベリア様がお兄様から目を逸らし、サンダードラゴンの方へと視線をやった。先ほどまでは五分五分と言ったところだった戦況は、今ではこちら側が少しずつ劣勢となってきている。

魔導師達の一部が出払っていたことがかなり影響しているのだろう。

「あのお兄様、ロベリア様、提案があるのですが……」

「ん？　なんだい、妹ちゃん」

「水魔法はどうでしょうか？」

ロベリア様はおろか、お兄様までもがきょとんと目を丸くする。

いやまあそんな反応にはなるとは思うけど！

「お前、まさか魔法相性を知らないのか……？　水魔法は雷魔法に弱いことなど、幼子だって知っている常識だろうに……」

「ち、違いますわ！」

お兄様の呆《あき》れかえったような声に私は慌てて反発する。

「よくお考えになって、お兄様。水魔法が雷魔法に弱いのは、水を精製する際に不純物が混ざってしまうからでしょう？」

「――なるほど。不純物を取り除いた精製水を使えば、雷魔法は効かなくなる……ということだね？」

流石、ロベリア様！　よく分かっていらっしゃる！

私はロベリア様の言葉にこくこくと頷いた。

「セベク、君の妹は随分と優秀で博識な姫君だな」

「勿体ないお言葉です、ロベリア先輩。だとすると問題は水系魔導師達が精製水を作れるかどうかだな……サラ！　お前、精製水は作れるか？」

怪我をした騎士達を水系魔法で癒して回っていた魔導師の一人が、お兄様の呼び声でひょいっと顔を上げた。ボブヘアーの淡い水色の髪をした、背の低い女性だ。ただ、その耳がほんの少しだけ純人よりも尖っているところを見るとハーフエルフか何かの種族なのかもしれない。

「えっ？　いやまあ、出来るとは思うよ。やったことがないから、ちょっと時間はかかるとは思うけど……」

「よし、いけそうだな。後は時間稼ぎのための足止めだが……」

「それでは、私が出ましょう。その間、セレナ嬢をお願いします」

お兄様の視線の意を汲み取るように、グレン様が頷く。

今まで私や他の魔導師達の護衛をしてくれていたグレン様だが、彼の所属する第二騎士団の本分は魔物の討伐。加えて、ブライアント辺境伯領は魔物の多い地域として知られており、領民達は幼少期から魔物退治を経験する。

ここから総合的に判断するに、グレン様は魔物との戦闘のプロフェッショナルと言っても差し支えないだろう。これは頼もしい……！

「了解だ……セレナ、よくやったな。お手柄だぞ」

「ありがとうございます、お兄様――でも、まだ分かりませんわよ？」

そう、八割方上手くいくだろうとは思っているけれど、百パーセントとは言い切れない。

不安さを交えてお兄様を見上げると、どこか可笑しそうに微笑まれた。

「そんな顔するな。お前みたいなちびっ子が頑張ったのだからな――俺達も頑張らなければ王宮魔導師の名折れと言うものだ」

ぱっ、と飛び出したグレン様が腰に提げていた剣を引き抜きサンダードラゴンに果敢に挑む。

遠目に見たその剣やグレン様自身がぼんやりと光っているように見えるのは、《身体強化》の魔法を使っているからだろうか。

グレン様は決して小柄などではなく――むしろ背が高く細いながらもしっかりと引き締まった騎士らしい体格の持ち主だ。しかし、そんなことも感じさせずに、グレン様は軽々と木々を利用してサンダードラゴンに斬撃を与えていく。

あんなに騎士団が苦戦していたのに、グレン様一人が参加しただけで優勢へと向かっていくなんて、もしかしなくても相当強い……？　お兄様と同い年で第二騎士団の副団長の任を拝命しているのだからそれはそうなのだけれど……。

単騎でサンダードラゴンを圧倒するグレン様に感化されてか、少しずつだが騎士達の動きが蘇ってくる。

魔力に余裕のある魔導師達が彼らのサポートをする中、集められた水系魔導師達が精製水を生み出していく。

「精製水の準備が出来たぞ！」

「よし！　お前ら、ひけ！」

「――汝は水柱　岩までも削る荒波　汝は悪しきを捕らえる聖水　流れ澱まぬ鋼鉄の鎖　《中級水魔法：曲水の鎖・改》！」

お兄様に〝サラ〟と呼ばれていた魔導師の女性が、掌から水で出来た鎖を放つ。

鎖はサンダードラゴンの尾を絡め取ると、後ろ足、左翼、右翼、前足――最後は首を拘束し、

地面へと縛りつけた。

「……首を！」

中年の騎士が叫ぶ——それと同時にグレン様が地面を蹴った。右の手に持っていた剣を素早く左の手に持ち替えると大きく振りかぶった後、サンダードラゴンの首を切り落とした。

「やったぞ！」

「うおっしゃぁ‼」

——広大な森全体に割れるような歓声が広がった。

＊＊＊

——その夜は、朝の曇天がまるで嘘のように澄み切った、快晴の星空が広がっていた。

その満天の星空の下、解放された魔導師団の訓練場では討伐されたサンダードラゴンの肉を使った料理が宮廷料理人達の手によって振る舞われていた。座っての飲食が出来るよう用意されたベンチにグレン様と二人で腰掛け、料理が出来上がるのを今か今かと待ちわびる。

この待っている時間てのがたまらないのよね……！　家では出来上がる頃を見計らってメイド達が呼びに来ていたので、めったにない経験だったけれど、案外私はこの時間が好きだ。

ふわふわと肉の香ばしい香りが訓練場に満ち始めた頃、人々の波を縫うようにしてロベリア様が現れた。

「はい、本日の功労者二人へ！」

「ありがとうございます、ロベリア様」

ロベリア様から手渡されたのは、サンダードラゴン肉の串焼き。塩と胡椒を振り、少し焦げ付くくらいまで炙《あぶ》ったお陰で、おなかが空くような香ばしい香りが辺りに漂っている。

「熱いのでお気をつけ下さい」

「はい」

グレン様に言われたとおり、ふぅふぅと冷ましてから大きく一口いただく。口に入れた瞬間、口内いっぱいに肉汁が広がり、肉本体はとろりと溶ける。噛み締める度に肉汁が染み出るのもそうだが、パチパチとした食感も魅力の一つだ。

「んん～！」

やっぱり、新鮮な食べ物って良いな……！

前回お兄様がお肉を貰ってきたときは、野菜のおろしソースと和えたステーキで頂いたけれど、串焼きもそれに引けを取らないくらいに美味しい。

「美味しいですね、グレン様」

「はい。サンダードラゴンは初めて食べましたが、聞きしに勝る美味しさです」

平然とした表情のグレン様だが、よくよく注目していただきたい。

このぴんっと立った耳と、今までに見たことのないくらい振っている尻尾を……！

普通に食べるのも美味しいけれど、やっぱり働いた後に食べる美味しい物は段違いですよね。

「おーい、グレン、アーシェンハイド嬢！　食ってるか～！」

「ジオ、走るなよ。危ないし、脇腹が痛くなるから」

二人でもぐもぐと咀嚼していると、不意に遠くから聞き覚えのある声が響いた。声のした方向を振り向けば、両手に串焼きを持って腕を振るジオ様と、走り出したジオ様をいさめるアレン様の姿があった。ジオ様の方は遠目に見ても顔が赤いような気がするから、もしかしたら若干お酒が回り始めているのかもしれない。

「申し訳ない、二人とも。ジオはちょっと酒に弱くて……」

「アーシェンハイド嬢は、もうこの串焼き食べました～？　旨かったんで一本差し上げますね」

そうして差し出されたのは私達が食べた塩と胡椒の串焼きではなく、タレがたっぷり絡められた物だった。

焦がされたタレの香りが食欲をそそる。

一応、アレン様に目配せすると、こくりと頷かれたので一口いただく。

「…ん！　これはまた美味しいです。グレン様も一口どうですか？」

「それじゃあ、一口だけ」

じゃあ取り分け皿を取りに行かねば、と立ち上がろうとした瞬間、右手側にグレン様の顔が近づいたのが分かった。

そしてそのまま串焼きを一口ぱくりと食べられてしまう。

「……？　どうかしましたか」

「あ、いえ、何でもございませんわ」

……何もないわけないけど‼　心の内に秘めた叫びを必死に抑え、一度上げかけた腰を下ろす。

「(こ、これって間接キス……よね⁉)」

まさに巷で噂の〝間接キス〟のシチュエーションそのままだ。

……もしかして、騎士様方の間では割とあるのかしら⁉　それとも私が世間知らずなだけ⁉

驚きすぎて、「あ、まつげ長いなぁ～」とか的外れなことを考えていた自分が恥ずかしすぎる。

「そういやグレン。さっきロベリアさん……ほら、王宮魔導師団の人が呼んでたぞ」

「何でしょうか……？　それじゃあ私は一度失礼します」

「あ、はい。行ってらっしゃいませ」

――し、心臓に悪いわ……！

火照った頬を両手で覆い隠す。このまだ慣れない熱の原因は言うまでもないだろう。

第三章　逆行悪役令嬢は婚約する

――あれから三日が経った。

サンダードラゴン肉の料理は確かに美味しかった。けれど、その後のやれドラゴンの皮の利権がどうだの、爪の配分はどうだの、臓器がどうだのといういざこざに巻き込まれてちょっぴり憂鬱な日々が続いていた。

いや、確かに卒業論文は書いたけど私の本分は研究者じゃないので……。別に皮とか爪とか臓器とかはいらないかなぁって。一応功労者だから！　と言うことで幾度も幾度も確認があった結果、私は「全て研究に役立てていただけると幸いです」と言い残して残りをお兄様に丸投げしてきた。

いつもと違うところは、お兄様が嬉々としてその役目を買って出ていたことだろう。

希少価値が極めて高いサンダードラゴンの皮はもちろん、あれほど状態の良い臓器はないとか何とかで王宮魔導師――いわば研究職の皆さんは欲しくてたまらないらしい。まあ、私はいらないのでどうぞ皆さんで好きにやって下さい……。

そうして、それらのいざこざから一歩離れると、途端に静かな生活が帰ってきた。

メイド達に起こされる前に自然に起きることが出来て、加えて目覚めも良いなんていつぶりだ

ろうか。確かに逆行してから本当に色々あったし、今日くらいはのんびりしてもいいよね――なんて二度寝を決めようとしていた、そのときだった。

「おはようございます、お嬢様。もう起床なさっていらっしゃったのですね」

「ええ……でもこんな爽やかな朝だもの、二度寝しても良いわよね？」

「ですがお嬢様、今日はアストラル侯爵家でお茶会のご予定だと聞きましたが……？」

――うん、しっかり忘れていたわ。

「……行かなきゃ駄目かしら」

「どちらかと言えば……向かわれた方がよろしいかと」

＊＊＊

馬車からアストラル侯爵邸に降り立つと、控えていた初老の執事が客間へと案内してくれた。執事の手で開かれた室内には円卓が一つと椅子が四つ中央に鎮座しているばかりで、今回のお茶会のホストの姿はない。

はて？　と首を捻った次の瞬間、背後より私に飛びつく少女の姿があった。

「もうっ、セレナったら遅いのよ！　待ちくたびれちゃったわ！」

「ルイーズ、久しぶり。待たせてしまったのは本当に申し訳ないけれど……まだお茶会の開始予定時刻よりも三十分くらい早いけれど……？」

「一秒でも早く貴方に会いたかったってことよ！」

――ルイーズ・アストラル。

アストラル家は我がアーシェンハイド家と同じく侯爵家で、ルイーズはそのアストラル家の一人娘だ。明るく活発で交友の幅も広く、流行り物には敏感な、お洒落をこよなく愛する侯爵令嬢。

余談だが義妹のルーナとルイーズは物凄く折り合いが悪かった。理由は今もよく分かっていないが、なんとなく合わない人間というのもいるだろうからあまり気にはしてない。

「セレナ、私貴方に聞かなくてはいけないことがいっぱいあるのよ」

がっしりと掴まれた肩がじんわりと痛い。

この華奢な両腕のどこからこんな怪力が生まれているのだろうか。

「……例えば？」

「そうね――貴方の婚約騒ぎとかかしら？」

彼女は明るく活発で交友の幅も広く、流行り物には敏感な、お洒落をこよなく愛する侯爵令嬢。

そして彼女のなによりの特徴は――

「みっちり聞かせて貰うわよ？」

「……はい」

逆行前、社交界で〝愛の伝道師〟と揶揄されるほどの恋バナ好きであったことだ。

本日ルイーズのお茶会に招待されたのは、仲の良い友人ばかりだった。

シェリー・エドヴァルド公爵令嬢、ソフィア・レスカーティア伯爵令嬢、そして私とルイーズを含む四名がぐるりと机を囲む。――この人選は、私を安心させるための気遣いなのか、徹底的に聞き出すからな？ という意思表示のどちらなのかが問題だ。

アストラル家のメイド達が次々に並べるケーキはどれも王都で今流行している物だ。

これ、並ばないと買えないやつだよね……？ しかもオーナーが変わり者だから、貴族もちゃんと並ばなきゃいけないってやつ。

純白のテーブルクロスの上で宝石のように煌めくフルーツタルトを一口頬張る。

甘過ぎず、果実本来の味と食感が楽しめる、見て美味しい、食べて美味しい、の逸品だ。

「……それじゃあ、洗いざらい吐いて貰いましょうか、セレナ？」

一口食べ終わったところで、ルイーズがパチンと手を叩きそう切り出す。

「残念ですけれど、特にルイーズ達の乙女心を刺激するようなお話はございませんわよ……？」

「それを判断するのはセレナではなく、ルイーズ……いえ、私達だもの。観念して話した方が身のためよ？」

「シェリー様の仰る通りですわ、セレナ様。ささ、紅茶も淹《い》れましたから思う存分語って下さいませ！」

話せと言われてもどこから話すべきなのか……。キラキラとした少女達の期待の視線に耐えられず私は逆行してから今日までの出来事をぽつぽつと話し始めた。

「グレン様に……グレン・ブライアント様に初めてお会いしたのは、先日の王太子殿下の婚約者

を決めるあのパーティーでした。その時私は何というか——一目惚れ、しまして」

「一目惚れ！　やっぱりラブロマンスはちゃんとあるじゃない！」

まだ一目惚れしかしていませんけど……？

「それで、こう……逃したらいけないと思って、その場で求婚いたしましたわ」

このチャンスを逃したら王太子の婚約者となって、また牢獄入りするからね。私も必死だったわけですよ。逆行してまでまたあの人生を辿ろうと思えるほど、私に被虐趣味はない。

「ではやはり、セレナ様の方から求婚したというお話は本当だったんですね⁉」

「それはまあ……事実ですわ」

ソフィアがティーカップを片手に黄色い声を上げる。

なんだか話しているうちに恥ずかしくなってきたような……？

いや、気のせいだ。そうに違いない、と自分に言い聞かせて私は話を進める。

「そのあとは、数日の間お兄様に謹慎を言いつけられていたのですけれど」

「愛の障害ね……！」

シェリー様が夢見心地といった調子で呟く。

彼女は深窓の公爵令嬢——というか、公爵令嬢に限らずソフィアやルイーズも含めて家で大人しくしているのが基本的な貴族令嬢というのは、大抵娯楽に飢えているものだ。

「謹慎が解けた後に登城を命じられまして。そこで王太子殿下から婚約のお話をされたのですが、お断りしました。サロン内には、どういう縁かグレン様が警備として配置されていましたから、

少し張り切ってしまいましたの」

そこまで話し終えると、気がつけば他三人が顔を赤らめて互いの顔を見つめ合っていた。

王太子と婚約していたときはこんな話はしなかった……と言うか、恋バナが出来るほどの何かはなかったからちょっぴり新鮮な感じ。

「そ、それでまだあるのでしょう？」

好奇心のままにルイーズが身を乗り出して話の続きを催促する。

「ええ。その後、もう一度王城に向かう機会がございましたのですけれど、不覚ながら道に迷ってしまいまして、騎士団の訓練場に迷い込んでしまいましたの。そこで木剣が飛んで来る不慮の事故がございまして――庇《かば》って下さったのが、グレン様でした」

＊＊＊

「――という感じです」

サンダードラゴンを討伐した後の宴会の話まで洗いざらい吐かされた頃には、既に日が傾きはじめていた。

いや、自分の経験したことを語るのはやっぱり恥ずかしい……！

半ばげっそりした状態の私と相反して、他三人はやいのやいのと楽しげだった。ご満足頂けたならまあいいか……。

「ね、セレナ。今度のソフィアの家での舞踏会ではちゃんとブライアント様を連れてくるんでしょうね？」

「え……？　それは分かりませんわ、まだ婚約もしていませんもの」

ルイーズから話を振られたが、私はひとまず否定しておく。

この国では舞踏会に参加する場合、父兄なり婚約者なり異性と共に入場するのがセオリーだ。姉妹や兄弟で入場する人達も一定数いるが、大抵の場合は父兄の友人や知人など誰かしら見繕ってエスコートして貰う。今までは基本独り身のお兄様と入場していたし、前回——王太子と婚約していたときは王太子がエスコートしてくれていた。

まあ、王太子には入場した後はぽーいと放っておかれていましたけどね！

やっぱりあんな男と婚約しなくて正解だ。メープル伯爵令嬢は満面の笑みで自慢していたけれど、後で痛い目を見ると予測している。

「え……？　婚約してないのですか⁉」

「え、ええ、ソフィア。だってまだ出会って一月も経っていませんのよ？　来週、ブライアント家にご招待いただいておりますけれども……」

そこでだって、婚約が百パーセント成立するという確証はないのだ。「うちの子に二度と近づかないでくれ！」と言われる可能性だってなくはない。ないとは思いたいけどね……。

私は基本的に優秀なお兄様がいるから何の問題もないけれど、グレン様はブライアント家の長男なので向こうの事情というのもあるだろうし何とも言えないところだ。

「いい？　セレナ。絶対逃がしちゃダメよ、そんな素敵な婚約者。逃がしたらすぐ取られるわよ！　いいわね⁉　そして必ず舞踏会に連れてくるのよ！」

「に、逃がしませんわ！」

有無を言わさぬ勢いでルイーズに詰め寄られ、その勢いに負け首を縦に振らざるを得なくなる。

これ、友達の恋心を応援したいって言うよりも、普通に気になるからちょっかい出してきているだけだな……⁉　そうだね、うん。それでこそルイーズ・アストラルだよ。

――そうしてシェリー様やソフィアに「ちゃんと仲良くするのよ！」と活を入れられながら、お茶会はお開きとなった。

＊＊＊

大空には羊の毛のようにまだらに雲が広がっている。峠道から続く街道は爽やかな風が吹き抜け、どこからか初夏の香りを運んでいた。

アーシェンハイド侯爵領、アストラル侯爵領、レスカーティア伯爵領と街道を馬車で抜けると、グレン様のご実家――ブライアント辺境伯領へと入る。レスカーティア伯爵領とブライアント辺境伯領の境にある砦を通過し、そう暫くせずにお父様が窓の外を指さした。

「ほら、セレナ。あれがドレイク湖だよ」

窓から顔を覗かせ指のさされた方向に視線を向けると、そこには海と見間違えるほどに壮大な

湖が広がっていた。青の水面は太陽の光が反射し、魚の鱗《うろこ》のように銀に輝く。

「お父様、ドレイク湖って詩によく出てくるあの？」

「ああ。古今詩人達が――いや、人々が愛してやまない〝ブライアントの藍玉〟、それがドレイク湖だ。伝承によれば、その湖底には水を司る龍が住んでいるとか」

ドレイク湖は観光名所の一つだ。どこまでも果てしなく青い湖と、その周りを取り囲む深い森林が人気の理由の一つだろう。確かに、ため息が出そうなほどに美しく雄大な自然だ。それに、水を司る龍……！

「（やっぱり、サンダードラゴンみたいに美味しいのかな……？）」

まるで私がとんでもない食いしん坊に見えるかもしれないが、そんなことは断じてない。

――さて、本題に入ろう。

あのお茶会から約一週間、今日はお父様と共にブライアント辺境伯領へやってきている。

そう、婚約の件での呼び出しだ。ここでグレン様と私の未来がどうなるのかが決まるわけだが、意外にも私の心は落ち着いていた。

「（だってお父様とブライアント辺境伯は知り合いだって聞いたし……）」

何という幸運か、お兄様とグレン様が知り合いであったように、お父様達もまた友人だというのである！　例えこれが「二度と近づくな！」と言うパターンだったとしても、友人とその娘との話だ。悪いようにはしないと思いたい。

――そうこうしている内に、街道の終わり……砦の姿が見えてきた。

「本日は、愚息が不在で本当に申し訳なく思います。――それでは、息子共々よろしくお願いします」

「いやいや、急な魔物討伐任務だったのでしょう？　こちらこそ、どうにも手のかかる娘ですがどうかよろしくお願いします」

今日は領内に魔物が出現し、その討伐にグレン様が駆り出されていたらしく、グレン様不在の状態で婚約の話が進められた。

結論から話すと、婚約締結は速やかに執り行われた。ブライアント辺境伯夫婦が恐ろしいほどこの縁談に乗り気だったのだ。

な、なんで!?　身分が釣り合っているとはいえ、王太子と揉めた令嬢との婚約にそんなに乗り気になる!?　……などとパニックになっているうちに、凄腕外交官の父が好条件で婚約締結まで持って行った。私も力の限りを尽くしてお話ししようと思っていたけど、出る幕なんてなかったよ……流石国一番の外交官な父……。

「いえいえ、お若いながら勉学においても魔法においても優秀と名高きセレナ様に求婚していただいた愚息は本当に幸せ者ですよ」

そう私を持ち上げて微笑む紳士は、ザカリア・ブライアント辺境伯――グレン様のお父様だ。

体格こそ屈強な戦士そのものだが、その物腰は柔らかく他の貴族に引けを取らない。こんな素敵な紳士だけれど、二児の父で、実はまだ現役の戦士だとか。俄には信じられない話だ。

父とブライアント辺境伯が楽しそうに話しているのを眺めていると、辺境伯の隣に腰掛けていた女性が困ったような表情を浮かべているのが見えた。

ブライアント辺境伯夫人である。

さっきまであんなに笑顔だったのに、やっぱり実は婚約に乗り気じゃない⁉

いずれ嫁姑の関係になる……かもしれない人との遺恨は出来るだけ残しておきたくない。

その一心で私は声をかけた。

「あの辺境伯夫人、どこかお加減でも……？」

「え？　体調は問題ございませんわ、どうか心配なさらないで」

やっぱり、反対派なのでは……⁉　と思った直後の事だった。

「セレナ様は本当によろしかったのですか？」

「と、仰いますと……？」

ん……？　よろしい……とは……？　申し訳ないけれど質問の意図が分からない。

思わず尋ね返すと、夫人は意を決したように私を見つめて口を開いた。

「こんな話をするのもあれなのですけれど、私達獣人は純愛を誓う種族なのですよ」

「……純愛」

「ええ。国や人によって違いますが、愛人を持ったり、第二夫人や第三夫人を設けたりする方も一定数いらっしゃるでしょう？　私達みたいな獣人はその逆で、一人しか愛せない。極端に言えば、愛した人が他の人に恋情を抱いたりしたら耐えられない……そういう種族なのです。まあ、

亜人にはままある話のようですが……」

——あ、なるほど、そっちね！

ぽん、と思わず手を叩きたくなる。要は愛が重いけど大丈夫？　ということだ。

様々な種族が入り交じり生活しているこの世界において、種族ごとに恋愛観や常識が違うのはよくある話で、そしてまたそれが原因で離婚や破局に繋がる——というのもある話なのだ。

「ご心配なさらないで下さいませ、辺境伯夫人。私は、生半可な覚悟でグレン様に求婚したわけではございません。——必ず幸せにする、とお約束いたしましたもの」

王太子と婚約することから始まる〝最悪の未来〟から救って下さったグレン様にそんな失礼なことはしない！　男——ではないけれど、私に二言はない。

そう胸を張った私に、辺境伯夫人はハンカチを握り締め、瞳を潤ませた。

……え？　夫人、それはどういう感情ですかね……？


「どうぞ、一泊していって下さい」という辺境伯のご厚意で、お父様と私はブライアント邸で一夜を過ごすこととなった。荷物を置いて一段落したところで、メイドさんに「湯浴みはいかがですか？」とお誘いいただいたため、そのままご厚意に甘えることになった。

「ブライアント辺境伯領で湧く水は浴場に適した温度であることが多く、そのまま使用することが出来るのです。疲労回復や美容などにも効果があるとされています」

そう説明してくれたのは、今回私付きとなってくれたブライアント辺境伯邸のメイドのマオさ

んだ。マオさんは猫の獣人で、ぴんっと立ったふわふわの耳が愛らしい女性。我が国の獣人の割合は一割ほどで、単純計算でいくと十人に一人となるが、最も人口の多い王都でも獣人を見かけることはあまりない。獣人は基本的に北西から北にかけての一部地域に固まって定住していることが多いからだ。

そのため領主一家も、その従者達も、そして民間人の大半も獣人というのは凄く珍しい光景だった。ふわふわの動物の耳と尾がいっぱいなのは、癒されるというかなんと言いますか……。

話によれば、我が国にいる獣人は定住型が主だが、他国では各所を転々と移動するような生活をしている獣人もいるそう。

さっそくマオさんには下がって貰って、髪と体を洗い清め浴槽へと近づく。

浴槽に近づくと、温かい熱気と共に花の香りが全身を包む。

「(……あ、これ)」

間違いない、グレン様の香りだ！

グレン様はいつ会っても花の良い香りがするな……でも獣人って香水とかは苦手なんじゃなかったっけ……？　と若干アウトラインを越えるようなことを考えていた時期があったけれど、その疑問の答えはどうやらここにあったらしい。

爪先から恐る恐るお風呂の中に入っていくと、花の甘い香りが濃くなる。

あ、これってなんか――。

「……変なこと考えない！」

あー……いけないいけない、というか危なかった。

私は気を取り直すように一度、自分の頬を叩いた。


湯浴みを終えるとそこにはブライアント家のメイドの皆様がスタンバイしていた。

「セレナ様、少しお顔が赤いようですが、もしやどこか体調が……？」

「いえ、大丈夫です。素敵なお湯でしたから少しのぼせてしまったのかもしれませんわ」

「それでは果実水はいかがですか？」

「まあ、とても美味しそうですね！　一杯だけいただこうかしら……」

「セレナ様、ヘアセットはいかがなさいますか……？」

心配そうな表情を浮かべたメイドさん達が声をかけてくれるが、あまりの至れり尽くせり加減に私は居た堪れなくなり、小さく声を上げる。

「……あ、あの、そんなに気を遣わなくても大丈夫ですわ……？」

「――申し訳ございません。この屋敷にセレナ様のようなお若い女性がいらっしゃったのは久々で……少し気合いが入りすぎてしまったようです」

再度謝罪の言葉を口にするメイドの皆さんに私はぶんぶんと首を横に振る。

ブライアント辺境伯家の家族構成は当主たる辺境伯、夫人、グレン様とその弟君の四人だったはず。確かにブライアント家には若い女性はいないけれど……親戚にもいらっしゃらないのかしら？

この後はちょっとお食事して後は寝るだけだというのに、過保護なメイドさん達の手によってしっかりとマッサージや化粧を施される。そうして気がつけばうるつや卵肌の侯爵令嬢が誕生していた。この完成度にメイドさん達も一仕事やりきったような笑顔を浮かべる。

メイドさん達、そんなにこそこそガッツポーズやハイタッチをしていても鏡で全部見えていますよ……！

こっそり送っていたはずのそんな私の視線に気が付いてしまったのだろうか、メイドさんの一人が一歩前へと進み出て、決まりが悪そうにしながらさりげなく話題を変えた。

「グレン様はまだお帰りにならないようで……」

「いえ、お忙しい方だというのは重々承知の上ですので。それに、領民のために全力を尽くす騎士精神は素敵ですもの」

まあそれに、このくらいで拗ねるような年齢でもないからね……。

見た目は確かに十二歳——だけれども、私の精神年齢は十八歳。この世界では成人して三年に当たる年齢だし、なんならグレン様と同い年だ。ついでに言うならば、婚約者がいないのは慣れっこだし……うん、この話やめよう。嫌な記憶が蘇ってくるわ。

メイドさん達に導かれながら真紅のカーペットが敷かれた長い廊下を歩き、別館から晩餐室のある本館へと移動する。本館へ至る二階の連絡通路を抜けると、見えずとも館内が騒然としているのが分かった。パタパタと使用人達がせわしなく通路を行き来している。

「あ、セレナ様……！」

執事服を纏《まと》った男性の一人が一階より私の名前を呼ぶ。

何かあったのかな？　と、軽い気持ちで階下を見下ろすと――。

「……えっ」

――階下には血塗《ちまみ》れになった一人の男性がいた。

纏った服は血によって赤黒く染まり、鎧部分は鈍い光を灯している。

その美しい髪や耳、尾は、額や頬にべっとりと張りついていて彼の表情を読み取ることが出来ない。

貴族らしい豪奢な邸宅の中、そこにいる彼だけが酷く異様な雰囲気を醸し出している。

――その鋭く光る瞳が、確かに私を射止めた。

「……グレン様！」

私は気がつけば、メイドさん達の制止を振り切って駆け出していた。

「……？　セレナ嬢……？」

鋭く光っていた瞳に、困惑と驚愕の光が灯る。

――その声、グレン様だわ。間違いない！

そんな変化に脇目も振らず、私はグレン様に駆け寄った。

「どこか、お怪我を……⁉」

「ああ、全部魔物の返り血です。私はかすり傷一つ負っていません」

「よ、良かった……」

確かに血がべったりついているけれど、服に目立った外傷はない。あのサンダードラゴンを一刀両断したグレン様だもんね……領内に出た魔物程度じゃ怪我はしないと……。

驚きすぎて心臓が止まるかと思った。

「それよりも、セレナ嬢。どうしてこんな時間に……もう帰宅なさってしまったかと……」

グレン様は現状を上手く呑み込めないようで、未だにきゅっと眉を顰めている。

なるほどね。美形は、いついかなる状態でどんな表情をしていても――例えそれが血塗れというイレギュラーな状態で、困惑を前面に出した表情をしていても、美形であることには変わりがないようだ。

「ブライアント辺境伯にお誘いをいただいて、今日一晩宿泊させていただくことになりましたの。お風呂も用意していただきましたし、メイドの皆様方にもよくしていただいて……申し訳ない限りですわ」

「ああなるほど……だからフィルの花の香りが」

どうやらあのお風呂に浮かんでいた良い香りの花の正体は〝フィル〟と言うらしい。

あまり耳慣れない花の名前だ。

私の耳元に伸びたグレン様の右手が、肌に触れる寸前に降ろされる。

「この幸運に感謝し、今すぐ抱きしめたい所ですが、汚れてしまってはいけませんよね」

「抱きっ……!?　せ、積極的ですわね」

「……お嫌いですか？」

——まさか！　そんなことは全く！　と全身全霊で叫びたいのをぐっとこらえる。駄目だぞ、セレナ・アーシェンハイド。一応ここ、人様のお屋敷だから。

「……好きですわ」

——うん、このぐらいに留めておくのが正解ね！

そう自己完結したところで、血を落としに向かうというグレン様を見送る。

「それでは、また後ほど」

そう言って、返り血で固まり、張り付いた前髪の向こうから微笑んだグレン様を見て心臓が小さく跳ねる。あら、なんだか心なしか顔が熱いような……？

そんな自分に内心首を傾げつつ、私は晩餐室へと足を進めた。

ブライアント辺境伯邸の晩餐室は、他の部屋と同様に貴族邸特有の特徴を押さえながらも質素堅実な造りとなっていた。派手すぎず、しかし貴族としての尊厳を発揮出来るちょうどいいバランス。長方形のダイニングテーブルには見事なレースの刺繍が施された純白のクロスが敷かれていて、ガラス製の見事な細工の施された花瓶には花が生けられている。

手前側に辺境伯一家が着席しており、奥側にお父様の姿が見えたので私もそれに倣って着席する。私が着席してすぐにグレン様の弟君が、そしてその後暫くしてグレン様が着席し、ようやく夕食会が始まった。

我がヴィレーリア王国は山脈や大河で土地が区切られていたり、人種の差だったりもあるが、

食文化や食事のマナーはそう大して変わらない。まず前菜やスープが出てきて、メイン、デザートと続く。アレルギーなどがある場合は別だが、基本的にみんな同じ物を食べる。その辺りは平民と同じなのだとか。お喋りをしながら夕食をいただくのが一般的な光景で、例にも漏れずこの夕食会も賑わいで溢れていたのだが――。

「（……あれ？）」

スープに口を付けた瞬間、私は謎の違和感に襲われた。もちろんスープに毒が――とかそういう話ではなく、何かおかしいという脳の警鐘のようなもの。

え、え？　何だろう、これ……？

訳がわからぬままにもう一度スープを掬《すく》うと、その違和感の答えが分かった。

「……あの、皆様。どうかなさいましたか……？」

そう、ブライアント辺境伯一家が、私がご飯を食べる様子を見つめているのだ。

凝視……というほどではないけど、何故かどこを見ても目が合う。

それに、ブライアント辺境伯一家だけではなく、従者やメイドの皆さんも私のことを見ているのだ。

なるほど違和感の正体はこれか……！　いやどうしてそんなに見つめて……⁉

王太子の婚約者として恥をかいてはいけない、とマナーだけは気を遣っていた前回の私のお陰で、今回の私は年の割にはマナーのなった令嬢だろうと自負している。だからといって、私のスプーンさばきにみんなが見とれているというわけではないだろうし……。

例えば、料理人や辺境伯が客の反応を待っている——というのなら分かる。まがりなりにも、我が家は国内有数の権力を持つ侯爵家。主人や料理人が気を遣うのはままある話。

だけれども辺境伯はおろか従者の皆さん、夫人やグレン様、果ては弟君まで、この場にいるブライアント家の全員が私を見つめているとなると話は別だ。

——え、やっぱり私の華麗なるスプーンさばきに見とれて……？

私のやや困惑した——むしろ若干の恐怖の入り交じった声色に、一同は互いの顔を見つめ合うと、私と相反してほっこりしたような笑顔を浮かべたのだった。

「いえ——気にしないで下さい」

いや、気にするよ⁉　普通、そんなに見つめられたら気にするからね⁉

隣の席でもりもりと食事をしていたお父様の方を向くと、当のお父様でさえほっこりしたような笑顔を浮かべていた。

——まさか、口元に何か付いて……？

慌ててナプキンで口元を拭うが、何も付いていない。

わ、分からない……何故こんな状況になっているのかが分からない……！

そんなときに救いの手を差し伸べてくれたのはグレン様だった。

「セレナ嬢は、給餌行動という言葉をご存じですか？」

「え？　給餌行動は動物にとっての求愛行動の一つ、と耳にしたことがございますけれど……」

「はい。我々獣人は名称の通り、獣の血を引いていますから本能的に好いた相手に——最近は親

兄弟や友人に対してそういった行動に出てしまう……らしいです。今、指摘されて初めて気がついたので、憶測の範囲ですが」

む、無意識だったんだ……？　つまり獣人の皆さんは私にもりもりとご飯を食べて欲しい、と。

よく分からないが、悪意が混じったわけではないのは確かだ。むしろ、グレン様の憶測の通りなら、ブライアント辺境伯邸の皆さんに家族として歓迎されているということでもある。

ならばその期待に応えなくては……！

「……おかわりをいただいても？」

「はい、ただ今！」

元来魔導師は大食いなのだ。少ない量でも死にはしないが、食べろと言われればいくらでも食べることができる。ある説では魔力の充填率がどうだか、変換率がどうとかといっていたが、要は大食いのスペシャリストなのだ。

「美味しいですわ。シェフにありがとうとお伝えくださいませ」

よく分からないしこれ以上つっこむ気もないが――今の私に課せられた使命は美味しく夕食を食べることだということは分かる！

そうして夕食会は和やかに進んでいった。

＊＊＊

本人たちも揃ったということで、書類にそれぞれの名前をサインし、婚約の取り決めはつつがなく行われた。

——が、私が王太子の一件で揉めたので、婚約を祝うパーティーは、今回は見送りという手筈になった。

うん……なんかいろいろごめんなさい。でも、そうでもしないと私、義妹に裏切られて冤罪で監獄に入れられて高熱で死ぬので……。

何はともあれこれで私たちは正式な婚約者！

ルイーズから送られてきた手紙鳥を完全無視してやってきたのは、ブライアント辺境伯領都にある宝飾店だった。

ドレイク湖をはじめとした観光名所かつ、国境線を有する事で有名なブライアント辺境伯領だが、長年の近隣国との戦争により武器製作などをはじめとした細かな技術が目覚ましく発展しているということはあまりにも有名な話である。そして、その延長線で、宝飾品などの細工技術も発達しているのだとか。

ブライアント家の御用達の宝飾店〝フェリチタ〟にやってきたのは他でもない、婚約者の居る証、耳飾りの相談をするためだった。

以前も触れたとおり、ヴィレーリアでは婚約者や恋人がいる場合左側に七センチ程度の細いチェーンのピアスを付けるのが慣習だ。それは純人だろうが、獣人のような亜人だろうが変わらない。フリーな状態ならば何も付けないし、結婚してようやく両耳にピアスを付けることが許され

る。長い時を経て婚約証明のためのピアスは派手な装飾のあしらわれていた物から、チェーンオンリーのシンプルなデザインへと変化していった。最近では宝石を一粒だけ先端に付けるのが流行なんだそう。

婚約相手の髪の色や瞳の色に合わせるのも良し、相手の領地の特産品を使うのも良し、希少価値が高く有事の際に売却できるような物にするのも良し。

余談にはなるが、前回は至極シンプルなデザインを強制的に選ばされるはめになった。王太子がまともに付き合ってくれなかったためである。

——でも！　今回は違うので！

「ようこそおいで下さいました、グレン様。……そちらの女性は？」

「久しぶりですね、店主。彼女はセレナ・アーシェンハイド嬢……私の婚約者です」

店の奥から出てきたのは、壮年の男だった。ロマンスグレーの髪と髭が素敵なおじさまである。銀製のモノクルがきらりと輝き、落ち着いた紳士風の雰囲気を纏っている。

——しかし、彼は私の鼻先ほどの背丈しかない小柄な人だった。

「……ドワーフ？」

私の身長が百五十五センチ程度。

そんな私よりもずっと小さいというのだから、まず純人ではない。

私の呟きを店主と呼ばれた彼は肯定した。

「ええ。父がドワーフで母が獣人だったのですが、私は父の血を色濃く継いだようでしてね……

一応、ハーフではあるのですが」

「ごめんなさい、不躾なことを聞いて」

「いいえ、お気になさらないで下さいませ」

「奥へどうぞ」と店主は私達を招き入れる。おお、素敵なおじさまだ……！　紳士的で素敵。

そんなふうに感動していた私だが、その瞬間グレン様がどこか不満げに尾を動かしたことは全く気が付かなった。

「定番は銀製の物ですが、最近は金製の物も人気が出てきていましてね。珍しいところだとピンクゴールドなどの合金も最近は市場に出回っています」

見本を片手に穏やかな口調で店主さんは説明していく。

このピアスの文化は、戦乱の絶えることのなかった時代、もし死別した際に伴侶に僅かでも資産を残したい——と願ったとある下級貴族の策が始まりだったと言われている。その相手が、やがて恋人へ婚約者へと変化し今へと続いてきたのだ。確かにお金とか資産って大事だよね。

「——セレナ嬢には銀の方が映えますね……」

耳に当てて試してみて下さい、と差し出されたピアスの見本と鏡を使いながらグレン様はうんうんと考える。

その眼差しは真剣そのもの——だけれど、やっぱり私ばかりじゃなくてグレン様に合う色やデザインの方が良いのでは……？

「あの、私ばかりではなく、グレン様に似合う色を……」

「心配ご無用です」

ピアスは基本、どんなときでも身につけて離さない。

私は一応貴族令嬢なのでそんなにアグレッシブに動くことはないと思うけれど、グレン様はまがりなりにも現役の騎士。邪魔にならないようなシンプルなデザインで、かつ身につけやすい方が良いのでは――と言い募ろうとしたときだった。

「――これは、目印ですので」

グレン様がすう、と目を細める。

ぞっと背筋に震えが走った。

……あれどうしよう、何かちょっと――？

驚き固まった私の頬にグレン様がそっと手を添える。

「……め、目印」

「虫除け、の方がお好きですか？」

「虫除け⁉」

もちろん、私も意味が分からないほど鈍い女ではない。

侯爵家との縁というのは、どの家にとっても大変魅力的なものだ。

だから令嬢がよっぽど手のかかる我が儘娘でなければ、幼少期から大量の婚約を申し込まれる。

当然恋愛感情を抱いて婚約を申し込む、という方も居るには居るのだろうけれど、貴族の結婚な

んてお家の事情だからね。ここまで来ると、もはや無差別婚約申し込みだ。

ちなみに逆行前の私は早々に王太子と婚約したのでその後婚約話が来ることはなかったが、同じく侯爵令嬢――しかも一人娘のルイーズはいつも婚約話に悩まされていた。

「もう、婚約しましたからそこまで気にすることではないかと……」

王太子は国内権力ナンバーワンの存在だったのでそのような強大な存在に果敢に挑む愚者はいなかったが、そもそも婚約者の居る人にアプローチする人、居る？　という話である。

そんな非常識な貴族は居ない――ああ、ルーナは別だけれど。

「……セレナ嬢は、こういう束縛はお嫌いですか？」

「ん？」

グレン様の声色が途端に弱々しい物になった。

よくよく見れば、いつも凛々しくぴんっと立ち揺れ動いている耳や尾も心なしかぺしょんと寝そべっているような……？

「私は獣人で、純人の恋愛感情というのは同僚達から聞きかじった程度しか知りません。私達の普通と、セレナ嬢の普通は違うのかもしれない。理解したいと切に思います――ですが、至らぬ点も多いでしょう」

いつも平坦なグレン様の瞳が、僅かに揺れた。

「だから……重ければ重いと、嫌であれば嫌だと、どんな些細なことであったとしても遠慮せずに教えていただきたい。――これも、ピアスの話も、重いでしょうか？」

「……そ、そんなことはございませんわ！」

グレン様は私の回答に満足したのか、再びピアスを選び始める。

――しかし私は呟かずにはいられなかった。

「……ひ」

「ひ……？」

「……人たらし」

「そうだと肯定することは出来ませんが――そんな私を誑《たら》し込んだのは紛れもなく、セレナ嬢、貴方だ」

私の返答に、グレン様は満足げな笑顔を浮かべてそう言葉を紡いだ。


「こちらの銀製のデザインでよろしいですか？」

「はい、お願いいたします」

「かしこまりました」

結局、グレン様がいくつか候補を出した上で私が最終的には決めた。選んだのは候補の中でも一番シンプルで、かつグレン様の狼耳に似合いそうな物。

グレン様は「セレナ嬢に似合う物を……」と言ってくれていたが、それは丁重にお断りした。だってあれだけ悩みに悩みまくった上で選出された候補達だもの、私がどれを選んだとしても似合うに決まっている。お揃いでつけるグレン様に一等似合う物をと思うのは当然のこと。

その選び方にグレン様は若干ご不満の様子だったが、それはそれとして上機嫌でもあった。

——たぶん、あのやりとりが関係しているものと推測。

いつもかっこいいグレン様がぺちょんと耳を垂らして不安げにしているというのに、肯定するとか私には無理！

——それにまあ、約束したしね。幸せにするって。

監禁とかはご遠慮願いたいが、これぐらいは許容範囲内。種族の違いはもうどうしようもないからね。

王太子の前例があるから私は尻軽よりも重い方がありがたいというか……。

「このタイプのピアスですと、先端に宝石をあしらうことも出来ますがいかがなさいますか？」

「あ、その件なのですが、こちらを使うことは可能でしょうか？」

私は鞄から小さなポーチを取り出す。

そしてまたそのポーチの中から、お兄様から託された小さな箱を取り出した。

「拝見しても……？」

「はい」

私の手渡した小箱に触れる前に、店主はピタリと動きを止めた。

どうかしたのだろうか？

不審に思うも、心当たりはない。

あるとすれば私から漏れた魔力が静電気化し、ぱちっとなった……くらいか？

でもそんな初歩的なミスはしないと思うのだけれど……。

「──随分、珍しい物をお持ちでいらっしゃる。もう長くこの仕事をしておりますが、サンダードラゴンの魔石、まして〝幻獣の双玉〟など初めてですよ」

「分かるのですか？」

困惑しきった私の表情を見て、店主は苦笑いを浮かべた。

「ええ……今となっては真偽も確かではありませんが、我々ドワーフの祖先は石から生まれたと言い伝えられておりましてね。種族的に、石のことは何でも分かるのですよ」

お兄様から託されたこれはこの間討伐したサンダードラゴンの魔石の欠片《かけら》だった。

サンダードラゴンのようなSランク級の魔物となると巨大な魔石のみならず、小さな魔石をその体内に有していることがあるらしい。それを〝幻獣の双玉〟と呼ぶ。

この間美味しくいただいたあのサンダードラゴンもその類だったそうだ。

王宮魔導師でもなく、騎士でもない一貴族令嬢の功労者──私に対する報酬が肉料理だけって王宮の面子的にどうなんですか？　と主張し、お兄様がもぎ取って帰ってきたのだ。

あの時は、何やってるのよお兄様……と若干引いたが、今は感謝の思いしかない。

ありがとう、お兄様！　あの時若干引いてごめんね！

小箱の蓋を開けた店主が目を丸くし、その瞳に歓喜の色を浮かべる。

「既に魔法陣の刻印が施されていますね。素晴らしい出来だ。この刻印はどなたが？」

「……王宮魔導師の兄に指導をいただきまして」

「では、お嬢様が……！　お若いのに素晴らしい技術を身につけていらっしゃいますな」

魔法陣の刻印は学院の必修科目だ。学生ならば卒業までの三年間嫌でもその授業を受ける。そのためある程度は出来て当然なのだが、こう持ち上げられると……少しばかり照れてしまう。私の精神年齢が見かけ通り――学院に通う前だったならば普通の反応なんだけれどね……！

「穴を開ければつけられそうですか？」

「ええ、問題なく加工できると思います。お預かりしても？」

「はい、よろしくお願いいたしますわ」

私が頭を下げるとグレン様が小声で囁いた。

「……よろしかったのですか？　貴重な物でしょうに……」

「もう、グレン様ったら今使わなくていつ使うおつもりです？」

それに刻印の仕方は分かっているけれど怪しまれないようにするため、わざわざ教えるのが下手なことで有名な兄に教わりながら刻印したんだよ？　あれはもう二度とやりたくない……。

――ちなみに刻印した魔法陣は身体強化などをはじめとした魔法達の効力アップを図る物だ。細かい模様が多くてそこそこ面倒だったが、これがグレン様のお役に立つならどうってことはない。回復系の魔法陣でも良かったのだけれど、そちらは難易度が高くお兄様に止められたのでしぶしぶこちらの魔法陣にしたのだ。まあ三年間授業を受けた私ならまだしも、十二歳の初心者がやるような難易度ではなかったんだよね。

「それでは、改めてよろしくお願いしますわ」

＊＊＊

――ブライアント家訪問からおよそ一月が経過した。その間にピアスも完成し、ソフィアの家の舞踏会に合わせて仕立てていたドレスの準備も万端である。

ピアス、そんなに早く完成したんですか⁉　と驚いていると、わざわざ家まで届けに来てくれた店主は茶目っ気たっぷりにウィンクして、〝幻獣の双玉〟を拝見しまして、年甲斐もなく創作意欲が高ぶりましてな、と笑っていた。

「お嬢様、髪用のリボンはいかがなさいますか？」

「うーん……黒でお願いするわ！」

数ある髪紐の中でも黒地に金のラインの入った大人っぽいデザインをチョイス。十二歳の私が身につけると、出来たてホヤホヤのピアスやドレスと相まってちょっぴり背伸びをしたお嬢さんのように見える。

「どうかしらメル、ノーラ？」

「いつも以上に愛らしいお嬢様にございますわ！」

「お嬢様も大人の仲間入りですね」

「あら、成人まであと三年はあるわよ！」

姿見の前でくるくると回れば、ふわりとスカートが広がる。

前回の十二歳の頃なんて、婚約が遅くに決まったせいで一に妃教育二に妃教育、三四がなくて五に妃教育だったからね。

お洒落なんて最低限度しか触れて来なかった。余裕がなかったと言いますか。ドレスなんて商人に「流行りの物で、私に似合いそうな物をお願いしますわ」って言うだけだったもんね。

注目される分、自分らしさや自分の好みは出せないものなのよねぇ……。

メルをはじめとした若いメイド達とわいわい騒ぎ合っていると、不意にノック音が賑やかな室内に響いた。

「セベク様です、どうなさいますか？」

「お兄様ね、どうぞお入りになって！」

ノーラの問いかけに私がそう答えると、扉が開き礼服姿のお兄様が現れた。

「セレナ、失礼するよ」

私がソフィアの家――レスカーティア伯爵家の舞踏会に招かれているように、お兄様もまた招待状を貰っていた。

舞踏会にはドレスコードという物が当然存在するが、王宮魔導師などをはじめとした一部職業の人々は礼服の他に勤務時に着用する制服での参加が認められている。

お兄様で言えば、王宮魔導師としての制服――ローブ。

お兄様が王宮魔導師として就職してから私が死に至るまでの六年間、舞踏会などの行事で礼服を着ている姿を見たことがない。踊りにくくありませんか？　と聞いたことがあったけれど、そ

の時はにっこりと笑って「そんな相手がいるように見えるか？」と返された。なんだか申し訳ない気持ちになった。

「お兄様、どうです？　今日の私は」

「ん？　ああ、いいんじゃないか？　可愛い可愛い」

お兄様、雑！　わざわざ部屋にやってきた割にはあまりにも対応が雑じゃありませんかね⁉

そんなだから十八になっても婚約者が居ないんですよ。私なんか、前回今回のいずれのタイミングでも十二歳で婚約者がいるからね。

「あーあ、まさかセレナに負けるとは」

「ピアスですか？」

「はー……もうちょっと、せめてあと数年待ってくれていたら私の方が先だったのに」

……お言葉ですが、お兄様。六年後でも独り身でしたよ？

お兄様と暫くお話しして、エントランスホールへと移動すると、既にそこにはグレン様の姿があった。

「グレン様！」

「――セレナ嬢、お迎えに上がりました」

王宮魔導師が制服での参加が認められているように、騎士団の団員もまた制服での参加が認められている。

騎士団の制服は、基本は黒で、第一騎士団、第二騎士団――といったそれぞれの団長達だけが

白の制服を纏うことが許されている。黒でも白でもデザインは一緒だが一目見て分かるように、ということらしい。ちなみに、腕章のラインの色でも分かる。臙脂《えんじ》地の腕章に黒のラインが入っていれば一般団員、銀のラインが入っていれば副団長、金のラインが入っていれば団長。グレン様は第二騎士団の副団長であらせられるので、制服は黒かつ腕章には銀のラインが入っている。

騎士団の制服は、平民は勿論、貴族令嬢達の憧れである。

王子という名称がブランドであるように、騎士という役職にもブランドがあるらしい。

――え、そう？　そこまででは？

などと言っていた前回の私に物申したい。

――やっぱり、制服は素敵だ！　と。

「今夜一晩、貴方をエスコートする栄誉をお与えいただけませんか？」

「よろこんで！」

差し出されたグレン様の手を取る。そしてグレン様のエスコートの下、私は馬車に乗り込んだ。

＊＊＊

舞踏会の会場はレスカーティア伯爵家の所有する王都の邸宅。

貴族の舞踏会の開き方は、自分の家で開くパターンとどこか会場を借りて開くパターンの二つがある。前者は説明不要だろう。後者は貴族相手に会場を貸し、料理やそのセッティングまでこ

なしてくれる業者があり、そこに依頼するといった形だ。

有力貴族は前者のパターン、その他貴族が後者というイメージがあるが、有力貴族が後者を選ぶこともあるし、下級貴族が自分の邸宅内でプチ舞踏会をすることだってある。なのであくまでも体感だ。

ソフィアはいつも仲良くしている四人――シェリー様、ルイーズ、ソフィア、私、の中でも一番爵位は低いが、レスカーティア伯爵家は国内の有力貴族。会場の設備、料理――そして招待客の人数は圧巻だった。

「セレナ様！　本日は我が家の舞踏会へようこそ、お待ち申し上げておりました」

「ソフィア、こちらこそ本日はお招きいただきありがとうございます」

数多の招待客の合間を縫って現れたのは、今回の舞踏会のホストの娘ソフィア・レスカーティアだった。ドレスの裾を掴み、美しいカーテシーを披露した彼女は、その白金の前髪の下から愛らしい笑顔を浮かべた
――ソフィア・レスカーティア。

レスカーティア伯爵家の三女。

ルイーズを介して知り合った良き友人で――同時に、前回の最期の瞬間まで私の味方をしてくれていた戦友でもある。ルイーズやシェリー様も同様に味方をしてくれてはいたのだが、ソフィアは一際強く私の冤罪を主張していたという話を獄中で聞いた。

そんなソフィアだが、実は彼女は将来の職業として騎士を志望している珍しい令嬢でもある。

そのため、前回はエリシオン学院では騎士科に通っていた。

「――隣の殿方が、グレン・ブライアント様ですね。はじめまして、ソフィア・レスカーティアと申します。本日は我が家の舞踏会にようこそいらっしゃいました」

「こちらこそ、本日はお招きいただきありがとうございます。ソフィア嬢のお話は、セレナ嬢からかねがね」

お互いの挨拶が終わると、ソフィアはくるりとこちらを振り向き満面の笑みを浮かべた。

「お二人は開幕ダンスに参加なさいますか？」

舞踏会での最初のダンスは婚約者や伴侶、もしくはエスコートの相手とダンスを踊る。私の場合ならグレン様と踊ることが許されている。ダンスはそれなりに自信があるし、グレン様のダンスしている姿も見てみたい！　のだけれども――。

「身長差が……」

「……それは難儀ですね」

少し前にグレン様と舞踏会の予行練習をしたときに、それは発覚した。

そう、私とグレン様では身長差がありすぎてまともに踊れないと言うことに！

お兄様と踊ったときには何にも問題はなかったのに⁉　とも思ったのだが、私は普通に忘れていたのだ――お兄様は男性の中でも比較的小柄な部類に入るということを。

いや、うっかりしていたよね。

王太子とは同い年なので幼少期は大した身長差はなかったし、成人後もさした差ではなかった

けれど、今の私は十二歳でグレン様は十八歳。

精神年齢は一緒でも体格差は覆せなかったよ……。

「それでは、鹿角兎《ろっかくうさぎ》のソテーなど、お食事はいかがでしょうか？　先日、両親と共に狩りに行きまして、今日料理人達が腕を振るって調理してくれたのですよ」

代案としてソフィアがそう提案する。

鹿角兎は森に住む鹿のような角を持った兎の魔物だ。草食性で好奇心が強く、民話などの伝承にもよく出てくる。

鶏肉のような食感ではあるが、その肉は臭みもなく淡白で噛み応えのある上品な味をしている。

ちなみに平民の間では高級食材として扱われているらしい。

「まあ、それは美味しそうですわね。弓矢ですか？　それとも罠？」

「手掴みです！」

ご冗談を……と思ったが、後日確認したところ一切偽りのない事実であったと伝えておく。

そんなたわいのない会話をいくつかし、談笑を楽しんでいた時――それは突然訪れた。

「本日はお招きいただきありがとうございます、レスカーティア伯爵」

「いえいえ、本日はお忙しい中ようこそお越し下さいましたディア子爵。そちらはディア子爵のお嬢様でしょうか？」

「はい、ルーナ・ディアと申します伯爵様」

「(ルーナ……⁉)」

何故ここに——あまりの出来事に耳を疑った。

そりゃまあ、舞踏会だからいてもおかしくはないのだが、それでも心臓が大きく跳ねた。

——ルーナ・ディア。

今から二年後両親を失ったことで親族でありディア子爵家の本家にあたるアーシェンハイド侯爵家に引き取られる少女。そして、私に冤罪を被せ死に至らせた張本人だ。

薄桃色の髪はふわふわと揺れ、水色の瞳はぱっちりと愛らしい。

男子生徒の誰もが見とれたその容姿だが——今となっては恐怖しかこみ上げてこない。

「(……大丈夫、大丈夫よ)」

幸い、ルーナと私の距離は遠い。前回の記憶を振り返ってみるに、この時期にルーナとの接点はなかったはずだし、ルーナ自身もわざわざ私に話しかけてくるタイプじゃない。

そっとこの場を離れれば、やり過ごすことが出来るはずだ。

「セレナ様?　いかがなさいましたか?」

「……いえ何でもないわ、ソフィア。ただ少し疲れたから向こうで座っていようかしらと思って。鹿角兎、とても美味しかったわ」

それだけ告げると私はそっと人混みから外れて壁際に設置されていた椅子に腰掛けた。一つ幸いだったことを挙げるなら、グレン様が他の方に呼ばれて席を外していたことだろうか。

ルーナは出会ったときから訳の分からない人だった。

会話中に話が噛み合っていないような違和感は日常茶飯事だったし、何があっても自分が被害者になるように嘘を吐くし、時々宙を見つめながら何かを呟いている姿は狂気すら感じた。

——だから私は早々にルーナと関わるのをやめた。

別に関わらなければ死ぬわけじゃないし、関わるのをやめたといっても出会えば挨拶程度はした。でも、その程度だ。だというのに、気がつけば私はルーナに冤罪を被せられていた。

ルーナが王太子にちょっかいをかけていたのは知っていたし、だからといって諌《いさ》めるようなことはしなかった。単純に話しかけて揉めるのが面倒だったからだ。

あれは話の通じない人間だ、だから何を言っても無駄だろう。どうせ王太子とルーナが恋に落ちても婚約者という関係は変わらないだろうし、万が一私がその座から降ろされてもなんの問題もない。私には王太子に対する愛情もなければ、結婚願望もなかったから。そこにあるのは義務感のみ。どうぞ好きにやってちょうだい——そんな油断があの悲劇をもたらした。

——目を閉じれば、あの日を鮮明に思い出すことが出来る。

『セレナ・アーシェンハイド侯爵令嬢。お前は妹たるルーナ・ディアに対し憎悪の感情を抱き、数多の嫌がらせを行い、果ては殺害を計画していた。今ここに王太子レオナルド・ヴィレーリアの名において、お前を投獄することを宣言する！』

『ごめんなさい、お姉様。でも……仕方がないことなの。だってこれは——乙女ゲームの世界のことなんですもの』

──ゲームとは、一体何の話だったのだろうか。

それだけではない。【乙女ゲーム】【攻略対象】【悪役令嬢】【ヒロイン】【好感度】など、ルーナがかねてより呟いていた言葉がある。

単語一つ一つの言葉は理解出来るが、それが何を指しているのかがよく分からない。

まさか呪いの言葉なの⁉　とこっそり調べてはみたが、手がかりは何一つ見つからなかった。

ただ、今でもその言葉を思い出す度に、形容しがたい感情が蘇る。

「(駄目だ、情報が少なすぎる……！)」

ただでさえ関わってこなかったのに、これ以上どう考察すれば良いのか全く以て分からない。

──そう言うときは一度考えるのを止めるのが吉だ。

どうせ分からないのだから、下手に関わってまた巻き込まれても困る。

だとすると、今私にやれることは……

「(……ディア子爵夫妻の死亡を防ぐこと、そして王太子とメープル伯爵令嬢の仲を引き裂かせないこと)」

そもそもディア子爵が亡くならなければルーナは子爵令嬢のまま。

メープル伯爵令嬢はルーナほどではないが、王太子のタイプに当てはまる令嬢だ。

この二点を押さえておけば、一先ずは安心──というかそれくらいしか出来ることがない。

侯爵令嬢って案外不便。

「セレナ嬢？」

――私の思考はそこで一度途切れた。

「……グレン様」

彼がそこに立っていたから。

カラン、と差し出されたクリームソーダの氷が揺れた。

「クリームソーダがお好きだとセベクから聞きました」

「はい。その、子供っぽいでしょうか？」

「まさか。でも、貴方は随分と大人びていらっしゃるから、むしろそれくらいがちょうど良いのかもしれませんね」

白いクリームの上の赤く艶やかなサクランボを頬張ると、口いっぱいに甘酸っぱさが広がった。

「体調はいかがですか？　ソフィア嬢から、ご気分がすぐれないと聞きましたが」

「大丈夫です。少し、人の多さに酔ってしまったみたいで。今は元気いっぱいですわ！」

正直に「前回、私を殺した犯人を見たので居た堪れなくて逃げました！」なーんて言えるわけがないので、とりあえずはぐらかしておく。

婚約者に対する気遣いも出来て、さらりと相手を褒められて、おまけにクリームソーダを飲んでもその美しさに影は差さない――流石すぎるわグレン様……。そんな風にぼんやりグレン様を見つめていると、なにを思ったのかグレン様の分のサクランボを差し出されてしまった。

「え、いえ！　大丈夫ですわ！」

違うんです！　見とれていただけで、決してサクランボが欲しいわけではっ！

慌てる私を見つめて、グレン様は少しばかり思案する素振りを見せた後にっこりと微笑んだ。

「ふむ……そうですか。ではこうしましょう」

一度グレン様の手中に戻ったはずのサクランボが再び姿を現した。

「――はい、セレナ。あーん？」

セレナ！　セレナですって⁉　初めて〝嬢〟付きではなく呼び捨てで呼ばれましたよ⁉

――それはずるくありませんか⁉

驚きのあまり僅かに口を開けて硬直する私の唇に、サクランボが触れた。

第四章　逆行悪役令嬢は忘れていた

怒濤の展開があった後、侯爵邸に戻ってからの私はまさに廃人状態。情報量が多すぎて、脳がショートしかけていた。

そんな私を、メルを始めとしたメイド達は心配し、ノーラのようなベテランメイド達はそっとクッキーを供え、お兄様からは「普段煩いのだからそれくらいがちょうど良いのかもな」と暴言を吐かれ、そしてお母様からは「どうせ腑抜けているのならば、一緒に鍛錬をやらないか？」と勧誘を受けた。

主に血の繋がった家族からの当たりが酷い。あんまりだ。まあ、腑抜けていてもどうしようもないのは事実けれども。グレン様は今長期遠征で王都にはいないわけだし。

ということで今日はお母様のお言葉に甘えて、鍛錬の見学をすることにした――のだが。

「はい、とりあえず素振り百回！」

中庭に着いた途端にお母様から手渡されたのは日傘でも応援弾幕でもなく、何の変哲もない一本の木剣だった。

「……私もやるのですか？」

「当然です、セレナ。こればっかりは実戦あるのみですもの！」

普通に見学しに来ただけのつもりだったのだが、それは許されないらしい。

ああ、だから動きやすい服に着替えさせられたのか……。

こうなったお母様は梃子でも動かない。大人しく従うに限る。

日頃お母様が軽々と操っている木剣は、見た目以上にずっしりとした重さがあった。

これをあんな風に振るの⁉　か弱い令嬢には無理無理。というかお母様あの華奢な腕でこれを振っていたの⁉　でも、身体強化魔法を使えば何とか——

「セレナ、ズルは無しよ？」

「はい、お母様」

人生二回目の私も、母には勝てなかったよ……。

妃教育には護身術という科目が入っていた——だがしかし、やはりそれは〝護身術〟に過ぎない。小刀とか、ナイフとかそういう小さな得物は扱ったことがあるが、木剣に触れるのは初めて。

不格好な素振りをお母様が丁寧に、かつスパルタに鍛え直していく。

「お、お母様！　もう素振り百回は終わりましたわ！」

「……？　気のせいじゃないかしら。それにほら、何事も練習が重要なのよ？　お母様なんてマナーのレッスンから逃げ続けていたせいで、この貴婦人っぽい言葉遣いを習得するのに二十年以上かかったんだから。まあ、そのせいでセレナやセベクにも少しばかり影響が出てしまったけれど……。お母様を反面教師にして、頑張ってちょうだい！」

令嬢として生きるのにあたって素振りの経験が何の役に立つのでしょうか。そんな言葉をすん

でのところで呑み込む。肩で息をする私に有無を言わさず木剣を握らせてきたお母様の背後に、悪魔の笑顔を見たような気がした。

その後何回素振りをさせられたのかは忘れたが、気がつけば私は地面に寝そべり肩で息をするような有様だった。

流石に私体力なさ過ぎるのでは⁉　いや、お母様が化け物なだけかもしれないけど。

回復魔法のある属性——例えば水属性とか花属性を専攻していればこんな疲労はちょちょいのちょいで回復できていたのだろうけれど、生憎私は雷系魔法の使い手。

雷魔法の性能は攻撃力に振り切れていて、回復魔法のない珍しい属性なのだ。そのため自己回復するか、ポーションなどの回復薬を使うしかない。

ぜーぜーと必死に息をする私の傍でお母様は軽々と木剣を振っている。

——流石は元騎士、美しすぎる太刀筋だわ。

私の視線に気がついたのか、お母様は素振りの手を止めてにっこりと微笑んだ。

背筋が震えたのはおそらく気のせいではない。

「まあ、誰しも最初はそんなものよ」

「……そうでしょうか」

ようやく体力が回復してきたので、上半身を起こす。

立ち上がるほどの気力はまだない。

「お母様はどうして今日、私にこんな指導をなさったのですか？」

理由の一つとしてそう遠くない未来に辺境に嫁ぐから、というのはあるだろう。

けれどアーシェンハイド家は代々優秀な魔導師を輩出してきた家。お兄様が良い例だ。

それを踏まえるならば別に武道では無く魔法の鍛錬で良かったのでは？　と思うわけである。

やっぱり男女の力の差というのは確かにあるわけだし、魔法の精度を上げるってのが安全策だと思う。

私がぐるぐると疑問を脳内で巡らせる反面、お母様は私から視線を外すとどこか遠くの方を見つめて呟いた。

「……お母様ね、今度ヴィレーリア王国騎士団附属アルカジア学院で教師になるの」

「絶対やめた方が良いですわ」

間髪入れずにその言葉を否定した私に、お母様は頬を膨らませ不満の意を示した。

――ヴィレーリア王国騎士団附属アルカジア学院。

貴族の子息令嬢達の通う王立エリシオン学院と並ぶ、二大名門校。

国内で王立の名を冠しているのはこの二つだけであり、エリシオン学院を〝学院〟、アルカジア学院を〝附属〟と呼ぶ風習がある。附属は学院よりも一年短い二年制で、附属卒業者はその九割以上が王国騎士団に所属することになる。

学院の騎士科を卒業しても騎士団に所属することは可能だが、附属は実技重視――いわゆる叩き上げ校なので即戦力になるとかなんとか。

ちなみにこの附属はお母様やグレン様の母校でもある。

「え～？　でも就職決まっちゃったし……」

以前お兄様は教えるのが下手、という話をしたが、それは完全にお母様の遺伝である。

今日の鍛錬の相手は初心者の私だったので多少手加減はしていたのだろうが、これが附属の生徒――しかも自分の後輩だとしたら？　考えるだけでぞっとする。

初めての子供に対して倒れるまで訓練させる母が教師に⁉　冗談じゃない！　下手をすれば死者が出るんじゃないだろうか。

「お、お母様、本気ですの⁉　将来、学院の長期休暇の時にしか会えなくなるのは寂しいのですけれど……」

「まあ、確かにそうねぇ。休暇の時も仕事が入るかもだし……」

無理やり話の方向を捻じ曲げていく。就職内定が決まっても、もう教員として働いているわけではないのでしょう？　まだ何とかなるかもしれない。うん、希望の光が見えてきた気がする！

私が重ねて言い募ろうとしたとき、お母様はまるで名案を思いついたかのようにぽんっと手を叩いた。

「――じゃあ、セレナが附属に来ればいいんじゃない？　どうせレオナルド殿下とは折り合いが悪いんでしょう？　附属に通えば殿下と顔合わせしなくていいし、私も毎日会えるわ！」

そ、そ、そういうことじゃないですから！　一体何を考えているの、お母様は……！

普通の貴族は出来るならば我が子を学院に入れたいと思っているし、学院卒というのは今や一種のステータスとして浸透している。別に附属の人がどうとかそう言うわけではないが、貴族令

嬢が学院に通って卒業して結婚する――それが〝常識〟。

お母様が附属卒で型破りな性格であるのは確かだけれど、前回は有無を言わさず学院に通わされていたし、それに対して好きとも嫌いとも思わなかった。

だから今回のお母様の発想はあまりにも飛躍しすぎていると――

「(……ん？　待てよ？)」

前回のお母様は、教職には就いていなかった。

恐らくこれは私が前回とは異なった行動をとったから、というのはだいたい予想がつく。

私が冤罪を被せられ投獄されたのは卒業パーティーでの出来事なので、既に私は学院を卒業済みと言っても過言ではない。

わざわざ履修済みの勉学に励み、王太子やルーナ達との不毛な共同生活を送るメリットは――ない。

むしろ、これはチャンスなのでは？

同じ学校に通っていなければ、ルーナが私に冤罪を被せることは出来ない。侯爵令嬢が附属に通うというのは違和感があるが、グレン様との婚約で辺境伯夫人としてやっていくためという言い訳が出来る。

まだ決めるのは早計だが、選択肢を増やしておいて損はないだろうし、戦闘経験はいつか必ず役に立つ日が来る。卒業後は必ずしも騎士団に入らなくてはいけないわけではないからそこも問題ない。

――あれ？　メリットしか無くない？

「で、でも今からで間に合うでしょうか？」

懸念事項はこれ。

普通、附属に通う子供は騎士や軍部の家系が多く、幼い頃から戦闘経験を培っている。

今の私は十二歳。附属の入学可能年齢は十五歳。あと三年しかないけれど大丈夫かしら？　と。

「……セレナ、それは一日に同じ分だけ鍛錬したときの話でしょう？」

「……え？」

「足りないのなら一日に皆の倍以上鍛錬すれば良いだけじゃない」

お母様は酷く純粋な瞳で笑った。

私――セレナ・アーシェンハイドはうっかり忘れていたのです。淑女の鑑と讃えられるお母様は、実は根性論の権化《ごんげ》のようなレディでもあることを。

「……ご指導、よろしくお願いします」

「一緒に頑張りましょうね！」

＊＊＊

お母様と鍛錬を始めて二月が過ぎた。お母様の指導はスパルタな上に初心者向けではないので毎日死にかけている――が、着実に実力はついてきている……のかな？

もう何が何だか分からないけれど、やらないよりはマシかもしれない。

「――それで、結局セレナは附属に行くことにしたの？」

「――いいえ、ルイーズ。まだ決めていません……が、視野には入れてますわ」

早起きして昼過ぎまでお母様と共に鍛錬をしていると、どこでその話を聞きつけたのかシェリー様やソフィアそしてルイーズが入れ替わり立ち替わり屋敷にやってくるようになった。現に今日もルイーズが貴族街でスイーツを買って朝から我が家に入り浸っている。

「でもまあ、素人目だけれど結構様になってきているわよ。上手いわけじゃないけれど。この短期間でよくそこまで来たわよね」

――まあちょっとだけズルしているんで！　という言葉を私は呑み込んだ。

一般的によく使われる《身体強化》魔法だが、実はこの魔法を使用しながら鍛錬をすることで筋力や技術力の向上が図れるのだ。この研究結果が発表されるのは今から四年後の話なので、ちょっぴりズルしているわけだけれど。これぐらいは許して欲しい、ごめんね、研究員さん！

「婚約者殿にはもう話したの？」

「……まだですわ」

……というかそもそもグレン様が帰ってきていないから話せていない、が正解だ。

グレン様は第二騎士団の副団長。お忙しい方だし、邪魔するわけにはいかないよね。

「揉める前に話しておいた方が良いわよ？」

「それはそうね……」

でもまあ最悪附属じゃなくても、学院の騎士科でもいいんだよね、正直。

学院には普通科と騎士科があり、同じ学校ではあるのだがその二つの科には大した接点がない。王太子とルーナを避けるためなら別に附属にこだわる必要はないのだ。

「でもまあ、グレン様は特に反対とかはしないと思いますわ」

騎士団に所属するというなら若干微妙なラインだけれど、附属に通うくらいなら許容範囲なんじゃないかしら。騎士団に所属するとなると相応の危険が伴うが、附属に通うこと自体は別に死ぬわけじゃないし。

……死ぬほど辛いって噂だけど。

「ふーん、まあ何かあったらフォローくらいはしてあげるわ。それよりも、今日はもっと良いことを伝えに来たのよ！」

ルイーズはそう言いながら、バスケットから一枚の便箋を取りだした。

手渡されたそれはどうやら招待状のようで、アストラル家の家紋が赤い封蠟に刻されている。

「避暑地で遊覧船ツアーなんていかがかしら？　私と貴方と、シェリー様やソフィア……メープル伯爵令嬢も交えて、ね？」

「あなた確か、メープル伯爵令嬢と話したいみたいなこと言っていたじゃない？」とルイーズは茶目っ気たっぷりにウィンクした。

＊＊＊

招待状を受け取ってから数週間、ついにツアー当日がやってきた。

馬車を走らせること暫く、目的地に到着するとすぐに聞きなれた声が背後から飛んできた。

「セレナ！　こっちよ！」

「申し訳ございません、少し道が混んでいまして……」

「大丈夫ですよ、セレナ様。まだ約束の時間よりも前です！」

そこには既に四人の人影があった。

右から順にシェリー様、ルイーズ、ソフィア、そしてメープル伯爵令嬢。

ルイーズから貰った招待状は、王都付近の避暑地で遊覧船に乗ろうよ！　みたいなお話だった。

この避暑地——王族直轄地区ヴェリタリアは、毎年貴族達が酷暑をしのぐために訪れる有名な避暑地でもある。今年は冷夏でもないが酷暑と言うほどでもなくて、特に訪れる予定はなかったのだが、せっかくのチャンスを逃すわけにはいかない。

——ということで今日はヴェリタリアにやってきたのだった。

「ご機嫌よう、セレナ様」

「ご機嫌麗しゅう、メープル伯爵令嬢。久しぶりね、お会いできて嬉しいわ」

メープル伯爵令嬢とは前回今回と続き、大した接点もなかった。それはこの場にいるシェリー

様やソフィアも同じで、正直ルイーズがこうやって誘えたのが驚きなくらいなのだ。ナイスすぎるルイーズ。持つべきものはやっぱり顔の広い親友だね！

接点がなくて気まずいのはお互い様のようで、メープル伯爵令嬢も萎縮した様子だった。

まあソフィアは別として、有力貴族の侯爵令嬢が二人と公爵令嬢に囲まれているわけだし……。

「メープル伯爵令嬢は、遊覧船はお好きなの？」

「どうぞアルナとお呼び下さい、セレナ様。……はい、我が一族は代々水系魔導師を多く輩出してまいりましたので」

私が雷雨の日にテンションが上がるように、魔導師はどうにも自分の属性に関連する事象を好むようだ。特にエビデンスのない、ただの傾向の話でだが。

「そうなの。私、遊覧船に乗るのは久しぶりだから色々教えていただけると嬉しいわ」

――こうして楽しい楽しい遊覧船ツアーが始まった。


アストラル家の手配した遊覧船に乗り込むと、船はゆっくりとロード川を遡上《そじょう》し始めた。

貴族達の避暑地を離れてゆっくりと上っていくにつれ、景色は深い森林へと姿を変えていく。

そう暫くしないうちに、船頭をしていた遊覧船のスタッフが、のんびりとした口調で語り始めた。

「ヴィレーリア王国を横断するこのロード川は、国内一の水深を誇り、また川幅はトップクラス。上流にはドレイク湖が存在し、川周辺の地域に豊かな実りをもたらします。捕獲可能な川魚はた

っぷりと肥えており、この時期になりますと産卵のために遡上してきた魚たちの姿を見ることが出来ます」

船頭の「右手をご覧下さい」という声に従うと、水面の奥に銀に煌めく魚影がいくつも見えた。

「あら、綺麗ね」

「なんのお魚でしょうか……？　美味しそうですねぇ」

ルイーズはその姿に感嘆し、ソフィアはそう呟きながら口元をハンカチで押さえる。

逃げてお魚さん、今すぐ逃げて！　意外と武闘派のソフィア・レスカーティアに捕まるぞ！

「あら。素敵な日傘ね、アルナ様。どこの商会の物かしら？」

「ありがとうございます、シェリー様。これは――」

最初は萎縮して借りてきた猫のようにガッチガチだったアルナ様も、シェリー様のさりげないフォローで徐々に馴染んできている。

――うん、よしよし。これは良い流れだ……！

アルナ様は王太子の婚約者、つまり私の代わりに王太子と関わってくれている人！

彼女の心証を良くしておくに越したことはない。

ロード川の説明をしていた船頭が不意ににやりと笑い、そのよく通る朗々とした声を潜めた。

「そういえばご存じですか？　このロード川には水龍がいるそうなんですよ」

「……？　魔物、ですか？」

ソフィアの問いに、船頭は今度は曖昧な笑顔を浮かべた。

「魔物なんだか土地神なんだかは分からないんですけれどね、ヴェリタリアに生まれた人間なら一度は聞いたことのある伝承なんですよ」

船頭の言葉を聞き、私はふと思い出す。

「そういえば、ドレイク湖にもそんな伝承があると聞きましたわ」

「ドレイク湖とロード川は繋がっていますから、もしかすると同一人物——いや、同一龍かもしれないですね」

サンダードラゴンが美味しいのなら、水龍……ウォータードラゴン？　も美味しいのだろうか。

うーん、でも火山地帯に生息するファイアードラゴンの肉は辛いし炭みたいで美味しくないという噂だから、ウォータードラゴンも美味しくないのかな？

——そんな的外れな事をぼんやりと考えていたとき、不意に、流れの淀まない美しい水面が奇妙に蠢《うごめ》いた。

「……？」

目の錯覚かな？

ごしごしと目を擦ってもう一度見つめると、既にごく普通の水面に戻っている。

「あら、セレナ？　どうかして？」

ルイーズが不思議そうに首を傾げる。

「あ、ええ、大丈夫ですわ。きっと気のせい——」

言葉を遮ったのは一体〝何〟だったのか。異常なまでに水面が盛り上がり、まるで手のように

五つに分かれる。白い飛沫でよく見えないが、奇妙なその波の内側に黒い核のような物が見えた。

――なにこれ⁉　見たこともないけど普通に気持ち悪い！

それはやがてゆったりとした動きである人物へと近づいていく。

「……ひっ⁉　なんですの⁉　なんなんですのっ⁉」

「（……狙いはアルナ様か！）」

思うよりも先に、体が動いた。とんっとその背中を押せばアルナ様の小柄な体は訳の分からないアレの手中から逃れる――まあ、代わりに私がその圏内に入ったわけだが。

ソレは私の体を包み込むと川底深く水底まで私を引きずり込んだ。

遊覧船からは誰かの叫び声が聞こえるが、たぶん大丈夫だろう。何も無謀に飛び込んだ訳じゃない。この手は水、しかも川に流れる不純物の入り交じった物――ならば、雷魔法が効くはず！

水の怪物さんも、こればっかりは相手が悪かったね！

既に呑み込まれてしまったので詠唱は出来ないが、無詠唱でも問題ないと思う。

そう踏んで電気を外に出したはずだったが――

「（あれ？　効いてない……？）」

そう気づけど、時既に遅し。

私の体は深い闇の底へと沈んでいった。

訳の分からない水辺の怪物に引きずり込まれてやってきたのは人気のない洞窟でした――と。

水中にあるらしいこの洞窟はどうやら入り口部分が大きな泡の様なもので覆われているらしく普通に息が出来る。恐らく魔法具か何かで発生させているんだろう。

……人の手が入っているとか、嫌な予感しかしない。

私を掴んでいたソレは突然私の体を離し、自分はすっと洞窟へと消えていった。勢いのまま、ぽーいと放り出されたので、私の体は地面をゴロゴロと無様に転がってようやく止まった。

――いや、本当に死ぬかと思った！

最初は獄中死で、次は溺死？　圧死？　例えどちらだとしても笑い話にもならないわ。

幸いゴロゴロ転がっただけで、捻挫や擦り傷などはない。

目が回るのが回復するのを待ってから、私はゆっくりと立ち上がった。

「せっかくの遊覧船ですから」とメルが出してきてくれた夏服のワンピースはぐっしょりと濡れて地味に肌に張りつく。いつものドレスだったらもっと酷かっただろうな、なんて考えると背筋が震えた。ナイスだわ、メル。無事に帰れたら、何かお菓子でも贈らなきゃ。

泡のドームに触れると、ぽよんとした感覚でその先に行くのを拒まれた。

どうやら外には出られないらしい。

「（……うーん、となると）」

私はゆっくりと振り返る。そこには大きな岩壁と、ぽっかりと空いた洞窟が待ち構えていた。

「やっぱりここを行くしかないのか……」

ドーム内は上から光が差し込んできて問題の無い明るさだけれど、この先は洞窟――つまると

ころ暗闇。そして残念ながら光源はない。雷魔法で何とかしのげるといいが……。

——まあやってみないと分からないし、ここで待っているわけにもいかないからね。

「よし、頑張れセレナ・アーシェンハイド！」

パチンと両の手のひらで頬を叩き、己に活を入れる。

そうして私はようやく一歩踏み出した。


洞窟内はあまりにも静かだった。

せせらぎの音も生物の声も聞こえず、ただただ私の歩く音と呼吸音だけが響いている。洞窟内は意外にも乾いていて夏用サンダルの私でもなんとか歩ける。これが湿っていたりしたのならば、転ぶのは確定だったんだろうなぁ……。

何も考えずに足を進めていたが、気がつけば入り口の光が届かなくなるほど奥まで来ていたようだ。特に分かれ道も無いので迷うことはないが、同時に新たな発見もない。

——これ、帰れるのかな……？

そんなことを考えると、少しだけ薄ら寒いような気持ちになった。

「（……一旦引き返してみる？）」

どこまでも続く道に不安になったその時だった。

「あ、お頭《かしら》！　この女じゃないですか⁉」

——私の嫌な予感は見事的中していたらしい。

気がつけば目の前に厳ついお兄さん達が立っていた。人数は六人程度で、誰も彼もが見慣れない異国風の服を纏っている。先頭を歩いていたお兄さんが〝お頭〟って言っているし、もうこんなの盗賊か海賊か山賊か義賊でしょう。しかも〝この女〟って言っている所を見ると、私がここに連れてこられたのはこの人達の仕業で間違いなさそうだ。

「十中八九そうだろうな、あの結界を越えてこられるガキが易々《やすやす》いたらたまらねぇ」

「あの……どなたですの？」

出来ればあまり害のないタイプの集団だと良いなぁって思うんだけれど……？

一番後ろを歩いていた細く引き締まった体格の男がじっと私のことを見つめる。

思わず視線を逸らしたくなる気持ちをぐっと堪えて、私は彼を見つめ返した。

黒い髪に浅黒い肌。項《うなじ》まで伸びたその髪を紐で括った姿はどこか色気を醸し出す美しさだ。鮮血のように赤い瞳がギラギラと輝く。

異国風の服を纏った男と見つめ合うこと一分。先に口を開いたのは彼の方だった。

「アンタがメープル伯爵令嬢か？」

相手は恐らく堅気の人間じゃない。そして彼らはメープル伯爵令嬢、すなわちアルナ様をお捜しである……と？

とりあえず私はメープル伯爵令嬢ではないのでそこはきっちり否定しておく。

「それは私じゃないです」

「は？」

「私はメープル伯爵令嬢じゃなくて、アーシェンハイド侯爵令嬢ですので……？」

なんとなく、語尾が疑問形になってしまった。私の受け答えを見て、彼は顔をしかめながらガリガリと頭をかいた。

「あー、そっちか！」

「なんか……ごめんなさい？」

クソと悪態をつくお兄さんを眺めながら、内心「これでアルナ様に恩を売れたってことにならないかなぁ」と考えていたのは秘密だ。

結果からお伝えすると、お兄さん達に捕まりました。逃げたところで袋小路だって知っていたから、特に抵抗もしなかった。それを考慮してか、縄で縛られたりはしなかったが、代わりに俵担ぎにされて運ばれている。

——どうしようもないのは分かっているけれど、貴族令嬢としてこれは屈辱だわ……！

「わざわざ大枚叩《はた》いて魔法具買ったのになァ、これじゃ大損だぜ」

私を担いだ一番大柄な男の後ろを歩いていた〝お頭〟と呼ばれていた男が、わざとらしくため息を吐く。

あの巨大な泡を発生させていた魔法具も、先ほど私を連れ去った生物？　魔法具？　も安価に手に入れられるような代物でないのは素人目にも分かる。そりゃ高かったでしょう、アレは……。

「一応我が家も侯爵家ですので、身代金程度ならぶん取れると思いますけれど……」

「アンタ案外口悪ぃのな。まあそれでもいいけど、今回俺達の依頼主サマはメープル伯爵令嬢をご所望だったンだよ。あーあ、俺達の計画丸潰れだぜ？」

……うーん、それはなんか申し訳ないけど、誘拐は犯罪なので勘弁して欲しい。王家の人間の婚約者が狙われるのは今も昔もよくある話だ。しかも今の王太子の婚約者――アルナ様は、言い方は悪いが大した後ろ盾もないから、排除しようと古狸達が目論《もくろ》むのは分からなくもない。

暫く大人しく運ばれていると、三つの分かれ道が目の前に現れた。その内の一つは布で覆われており、ここが彼らの野営地となっているらしい。

中に入ると数名の男達と大量の木箱がぱっと視界に入った。

「……で、どうしますこの女。処理しておきますか？」

――あ、だよね、そうなるよね!?　想定内の展開ではあるけれど、いざ自分がその状況に追いやられたと思うとビクッと体が震えた。とりあえず、このままだとお魚の餌コースだ。どうすればいいの、これ……!?　と戸惑う私をよそに、頭の男は首を横に振った。

「いや、まあいいさ。使い道は色々あるだろ。他国の貴族に愛玩奴隷として売るなり――ああ、工作員用に王族に献上するのもありだな。とりあえずソイツはその辺に置いておいて、次の計画に移るぞ」

頭の男の指示に従って、私を担いでいた男は私を地面へ降ろす。

――乱暴に扱われるかと思ったけれど、意外にも、そっと降ろして貰えた。

しかも椅子用の空き木箱と濡れた体を拭うタオルも見繕ってきてくれた。

……もしかして、いい人？　いや、そんなわけないか。

「誰か見張りを——ああ、チビ。お前暫くコイツを見張っとけ」

頭の声に、ふっと少年が顔を上げた。身なりは見るからにボロボロで、体格は痩せ型。

〝チビ〟——薄汚れた少年の浅黒い首には、何やら仰々しい金属製の首輪が嵌《は》められていた。

「（……奴隷だ）」

ヴィレーリア及び周辺の国家は奴隷制禁止の共同声明を出している。そのため人身売買は死罪と言われるほどの重罪であるが、毎年相当数の行方不明者が出たり、孤児達が売り飛ばされているという話も事実だった。奴隷は主人に抵抗することのないよう、魔法具の首輪をつけているらしい。私も実際につけているところを見たことはなかったが、前回、まだ学院に通っていた頃に訪れた資料館で実物を見たことがある。少年の首輪はそれとはところどころ違えど、類似品であることを確信出来るような見た目だった。

少年は頭と呼ばれた男に向かって深々と頭を下げると、私の元に駆け寄って座った。黒髪に黒い瞳という、ヴィレーリアでは珍しい色彩の組み合わせの少年がまじまじと私を見つめる。

いや多分、〝見張ってろ〟って命令は、じっと見つめていろ、って事じゃないと思うよ⁉

なんだかこの状況、とても居た堪れないのですが……。

「んじゃ、大人しくしてろよ？　俺達忙しいから」

——チェンジ！　チェンジで！

私が取り押さえられてから体感で一時間ほどが経過したが、奴隷と思わしき少年は未だに私のことを見つめていた。

――いや君、凄いよ。グレン様とかその他美形ともてはやされる人を見つめるならともかく、〝微少女〟な私の顔を見つめ続けてよく飽きないね。

流石に居た堪れなくなったので、私は困惑気味に口を開く。

「あの、そんなに見つめられたら照れてしまいますわ……？」

「……でもご主人が見張ってろって」

あーうん、そうだよね。奴隷としては納得の忠誠心だけどさ！

私はできるだけ無害そうな笑顔を浮かべて見せた。

「別に逃げたりなんてしませんわ。あんなに屈強な殿方が集まっているのに逃げるなんて無謀すぎますもの」

逃走経路が確保できたら魔法なりなんなりを使って逃げるつもりだけれど、今逃亡するのは流石に下策。それくらいは戦略初心者の私だって分かる。

しかし少年は「けど……」と食い下がった。

食い下がる気持ちも分かるけれど、私だってこれはあまりにも居た堪れなさすぎる。早急に改善願いたい。

「そ、それじゃあ！　お喋りするのはどうかしら!?」

「……お喋り？　なぜ？」

「だってほら……喋っていたらそこまで見つめ合わずとも近くにいるのが分かるでしょう⁉」

——苦しい！　これは我ながら苦しい言い訳だ！

流石に駄目か、駄目だよね……なんて半ば諦めていたときだった。

「……変なの」

「ん？」

「普通、貴族の令嬢サマってのは俺みたいな奴隷なんて、嫌がるんじゃねーの？　それなのにお喋りだなんて……」

その瞬間、「変なやつ！」と少年はゲラゲラと笑い出した。何がそんなに面白いんだと聞きたいくらいに大声で笑う少年に賊の男達の視線がチラチラと向く。

まあ正直今生まれて初めて奴隷なる存在を見たから、好きも嫌いもないんだけど——まあそんな解答は彼も望んでいないだろうから、私は口を噤《つぐ》む。

少年は腹を抱えて気の済むまで笑い転げた後、滲《にじ》んだ涙を拭いながら言った。

「良いぜ、気が済むまで話そう？」

え、良いの？　本当に？

思わず疑いの視線を向けるが、少年は物ともせずに手近な木箱を移動させ、その上に座った。

「俺、ネロ。ご主人達には〝チビ〟って呼ばれてるから、どっちでも良いよ。……アンタは？」

はしっと私の両手を握り、ネロと名乗った少年は笑う。

あ、あれ？　なんか思っていたタイプと違うような……？

「セレナ……セレナ・アーシェンハイドですわ。よろしく、ネロ」

軽い自己紹介を終え、私とネロは互いのことを話し出した。

「――へぇ、アンタにも兄弟がいるんだ」

「ええ、六つ離れた兄がいますの。……〝も〟ということはネロにもご兄弟が？」

「うん、すげーいたけど、俺が生まれたときにはもう皆奴隷として売り払われていたから何人いたのかは知らねぇな。今、連絡を取り合えているやつも居ねぇし」

奴隷――ネロは物凄くお喋り好きの少年だった。時々彼の口から飛び出てくるブラックジョークにはまだ慣れないけれど、まあ悪い人ではないのだろうというのは伝わってくる。

彼との対話の間に、実はこっそり周囲を探っていた。これも全て妃教育の賜物である。

いやぁ、王太子は最低だったけれど習ったことは着実に私の力になっているね！　王太子は最低だったけど！

この野営地に出入りしている男の人数は十人。ネロと私を加えると十二人。その内、奥で会議をしているのが頭と呼ばれた男を含む四人で、残りの六人はどこからか木箱を運んでくる。

運ばれてくる木箱の中身はまちまちで、惚れ薬や巨大化の効力のあるポーションだったり、水槽に入れられた魚だったりする。しかし、どれもこれもが法律で取引が禁じられている物ばかり。

――うわ、密輸だ。これは間違いない。

何か脱出に使えそうな物はないかなぁとのぞき見をしているが、今のところ役立ちそうなもの

は見つからない。

いやもう大ピンチだ。どうしようか、これ。私はちょこっと精神年齢が高いだけのごく一般的な令嬢だから力でねじ伏せることもできないし！

いくら魔法が使えても、取り押さえられてしまったら意味が無いんですよ……。

「――アンタも可哀想だよな。人違いで攫《さら》われた上に、今度は奴隷として売り払われるんだろ？」

「……ネロも同じでしょう？」

「いや、俺は生まれ落ちたときから奴隷だから違うな。父親も母親も奴隷だと、その子供も奴隷になるんだよ。ゾルドではそうなんだけど、ヴィレーリアでは違うのか？」

――ゾルド⁉

ネロの口から〝ゾルド〟の名が飛び出たことが衝撃的で、話された内容はすっかり飛んでいってしまった。

ゾルド――ゾルド帝国。

ヴィレーリア王国よりもはるか北東に位置する巨大な独裁国家。圧倒的な軍事力と人口を誇るが、痩せた土地のため、ヴィレーリアを含むゾルド以南の地域を虎視眈々《こしたんたん》と狙っている。

そして何より――ヴィレーリア周辺国としては珍しい奴隷制を認めている国。

「（ヴィレーリアはゾルドと五年後に開戦する……）」

かの戦争は、一年という僅かな期間でありながら数多《あまた》の死者を出した。

実際ヴィレーリアは軍や各騎士団の団長と団員の一部を出したのみで国土が戦場となったわけではないが、その凄惨《せいさん》さは国内でもよく耳にした。

「――ね、ネロはゾルド出身なの？」

「そうそう。俺のご主人達はゾルドの支配する南方諸島の出身らしいけど、俺はゾルド内地の出身だな。出身って言っても、ルーツはご主人達と同じ南方諸島だけど」

うわぁ……と思わず声が出そうになったところをすんでの所で堪える。ヴィレーリアのこんな内地に、この時点で既にゾルドの人間が入ってきていたなんて考えたくもないことだ。

「（あの戦争では私達ヴィレーリア含む連合軍が勝利したけれど、連合軍は半壊の状況に追い込まれていたって聞くし……）」

あれ、待って、そうじゃん。あの戦争でヴィレーリア王国騎士団の団長達はほぼ壊滅状態に追いやられて、他の隊員が後釜に入った。私が前回関わったのは恐らく後釜と呼ばれた人達。でも私の記憶にある限り、前回の騎士団の団長や副団長に獣人なんていなかった――

不意に、違和感を覚えていたその点と点が結ばれたような気がした。

「……グレン様」

王太子の婚約者に過ぎなかった私が騎士団の人達と関わることなんてそうそうないため違和感を覚えこそすれ、その正体に至ることはできなかった、などというのは言い訳に過ぎない。

――私はなんてことを忘れていたのだろうか。

獄中死ルートは回避できているのかまだよく分からないし、現在進行形で賊に捕まっているし、このまま逃げられなければ他国に売り払われるようだし、おまけに将来婚約者が死ぬ可能性があると発覚してしまった。いやどんな災難なの、これは。

分かってはいたことだけれど、改めて並べ立ててみると冷や汗が吹き出るような思いだ。

東方の言葉でこういう状況を四面楚歌《しめんそか》と言うらしい……違ったかな……。

震え始めた私の事情など露知らず、ネロは「冷えたか？」と心配してくれる。

ごめんね、そっちじゃないのよ……。

――ひとまず、落ち着いて考えよう。

とにもかくにも、ここから脱出しなければどうにもならないのは確か。そして先ほど頭の男は「次の案がある」というような発言をしていた。行き当たりばったりな性格ではない――かつ、密輸などで一定金額を稼げているならば潜水艦などの逃走用ルートは確保していると考えて良いだろう。

「(運が良ければ、連れて行って貰える……けれど)」

運が悪ければ――例えば、私を探しに来た人々がこの洞窟を探り当てたりすれば、密輸の証拠を隠すためにもあえて私を残して魔法具の結界を解く可能性が高い。

そうすれば私も証拠も全て水底に沈んでさよならだ。

……彼らが用意した逃走ルートには頼れない。別の方法で脱出しなければ……。

「(……密輸の商品の中に何か使える物があれば)」

けれど、今は見張りがつけられている。仮にネロを説得して自由に動けるようになったとしても、周りの大人の視線がある。

そんな中、不意にネロが上を見上げた。つられて私も見上げるものの、そこは特になんの変哲もない普通の洞窟だ。

「どうかしましたの？」

「……揺れてる」

じっと私も身を固くしてみるけれど、特に揺れは感じない。

気のせいじゃない？　と口を開こうとした次の瞬間だった。

「……！　伏せてっ！」

ネロが私の頭を庇いながら地に伏せたのと、洞窟全体が激しい揺れに襲われたのがほぼ同時だった。息をつく間もなく、激しい揺れが野営地を襲い、ガタガタと音を立てながら木箱の中身が地面に散乱する。

嘘でしょ、前回ヴェリタリアで地震なんて――いや、あったか。確か人身被害はそう酷くなかったけれど、家屋とかがダメージを受けたって話を聞いた気がする。

暫く地面に伏せていると、キィン！　と甲高い金属音が聞こえた。

「――不味いです、お頭！　結界用の魔法具が破損して……！」

「は⁉　マジかよ⁉」

よし、決めた！　私無事にここから逃げ出せたらお祓いに行くわ！　聖地巡礼する！　なんな

ら断食とか、東方の島国で有名な滝行もする！

「おい、ジャル！　潜水艦動かせ！」

読み通り、彼らは逃走用の潜水艦を用意していたらしい。

けれど――

「駄目です、地震でぶっ壊れていやがる！」

「嘘だろ⁉　このままじゃ全員洞窟の中で溺死っ……」

年甲斐もなく――いやまあこんな非常事態だからそうなるのは仕方がないのだけれど、あわあわとしている大人達の間を抜けて、私は一目散に木箱に歩み寄る。

「セレナ？　何を……」

困惑したネロの問いかけに答える余裕はない。とにかくここを脱出しなくてはいけないのだ。

しかし、中を覗いてもそこにあるのは惚れ薬、回復用ポーション、巨大化ポーション、縮小化ポーション、それと割れた水槽から逃れた活きの良い魚達――。

「……これですわ！　ネロ、魚の木箱ってどの辺りですの⁉」

「えっ⁉　そっちだけど――」

ネロが指さした方を見れば、地面でピッチピッチと飛び跳ねながら水を乞う魚達の姿があった。

その中から私はある種類の魚を数匹選り分ける。

「おい、セレナ！　今動くと危ない……というか、一体、動物対話用ポーションと巨大化ポーションと魚で何するつもりだ⁉」

「テイムしますわ」

「テイム？　テイムってのは、普通、調教師達のやる事でそんなポーションじゃ……」

テイムというよりは契約、もしくは交渉の方が正しいだろうか。小馬鹿にしたような口調で言い募るネロを無視して、私は右手で動物対話用ポーションを飲み干し、左手で巨大化ポーションの封を開けた。

……うわ、ポーション苦い。

口の中に広がる何とも形容しがたい苦みにはいつまでも慣れることはなさそうだ。

「水のあるところへ連れて行ってあげるから、私達を岸まで連れて行って」

私の言葉に応えるように、魚は我先にというようにぴちっと大きく飛び跳ねた。

よし、これはいける……！

ごうごうと洞窟内にこだましていた水の音がどんどん大きくなる。洞窟が水没するのも時間の問題だろう。

ふと手元の木箱の中に契約書が入っているのが見えた。一度名を記して契約すれば違えることが許されないという、恐ろしい代物。恐らく密輸の商売に使ったのだろう。

――このタイミングでこれが見つかったってことは、恩情をかけてやれということだろうか。

うーん、今更運命の女神にそっぽ向かれたくはないし、ここは大人しく彼らにも恩情を与えてあげることにしようか。

「あの、おじさん達」

「まだおじさんって言われる年齢じゃねぇ！」

こんな緊急事態でもそこは気にするのか……！

「ではお兄さん達、助かりたくありません？」

私の発言におじさん改めお兄さん達は目の色を変える。

私は昔お父様が浮かべていた黒い笑顔を真似するように、笑顔を浮かべた。

「大人しく騎士団に捕まって洗いざらい情報を吐くと約束してくれたら、助けてあげても良いですわよ？」


ネロが、我先にと契約書にサインをするお兄さん達の相手をしてくれている中、私は選り分けた魚達を既に浸水しはじめた通路に並べた。

この魚達は遡河魚と呼ばれる魚の一種で、川を遡《さかのぼ》る習性を持っている。名前を〝鯉《こい》〟というらしく、東方の地域から運び込まれた外来種だ。種類によっては泥臭いと言われる〝鯉〟だが、確かこの種類は美味しく食べられると料理人達が絶賛していたような気がする……？

その上からドバドバと惜しげもなく貴重な巨大化ポーションをかけると、あっという間に通路が魚達で埋め尽くされた。

「――契約書集め終わったぜ！」

ネロから契約書を受け取ると、私はそこに自分の名前を魔法で焼き付ける。

契約者両名の名が記された契約書は宙に浮かび上がると、ぱんっと軽い音を立てて光の粒とな

り消えた。

密輸用の契約書ってこうやって消えるのか。そりゃ証拠も見つからないし捜査も進まないよね。

巨大化した魚達の背に二人ずつ跨《またが》るようお兄さん達に促してから、私は自身とネロを背負う鯉の背中に手を添えた。

「じゃあ、行きましょうか」

私の言葉を皮切りに、鯉達は一目散に分かれ道の真ん中の通路を目指して泳ぎ出す。

思ったよりもスピードが速い！

風に煽られた私の髪が顔にぶつかるのか、時折ネロの「痛ぇ……」という呟きが聞こえる。

ごめんね、攫われた時に髪留めをなくしちゃったから！　恨むなら君の雇用主を恨んでくれ！

狭い洞窟から抜け水中へと突入すると、鯉達は私達のことを慮《おもんぱか》ってかさらに速度を上げて水面へと泳いでいく。

彼らの協力もあってそう時間も経たないうちに顔が水面から上へと出た。

「ぷはっ……！」

後は岸辺に寄ってくれれば……！

そう合図をしようとした瞬間だった。

「な、なぁ、セレナ？　こいつらなんか……光ってねぇか!?」

先頭に私、その後ろにネロ、という順番で鯉に跨っているため、私の位置からネロの表情は見えない。しかし、その声色が動揺したものだということははっきりと分かる。ネロの言うとおり、

鯉達の体表が淡く発光していた。それだけではなく、鯉達の体が奇妙な熱を放っている。夏場とはいえ冷たい水流の中を泳いでいるわけだからこちらとしては多少の熱はありがたいけれど、明らかにこれは異常だった。

「おい、滝が……！」

誰かの声で前方に視線を戻すと、気がつけば、目の前には滝が差し迫っていた。

「降ろして」と交渉してみるも鯉達はそんな素振りを見せない。

まさか密輸だから対話用ポーションの中に粗悪品が混ざっていたとか⁉　……ありそう。

——とうとう滝は目前まで迫った。

いや、まさか登るつもりじゃゃ……⁉　と思ったのも束の間、先頭を泳いでいた私達の鯉が滝を登りはじめる。嘘でしょこんなの溺死するわ……とぼんやりと考えているうちに、今度は淡い光を孕《はら》んだ彼らの鱗がポロポロと剥がれ落ちていく。

「(……そういえば)」

鯉の原産国方面の地域に、鯉が滝を登ったら龍になるって伝説があるってお兄様が言っていたような気がするなぁ……。そう思いながら、絶え間なく顔にかかり続ける飛沫から逃れるように私は瞳を閉じた。

不意に、顔に当たる水飛沫が少なくなったなぁと閉じていた目を開くと、私達の跨がっていた鯉はその姿を蛇のような魚の形に変えていた。

髭が生え、両手と鋭い爪があり、角が生えている。そして何より——空を飛んでいるのだ。

もはや驚きすぎて声が出ない。むしろ声を出す気力すらない。

うん、いいよ。こんな日があってもいい。死ななきゃ問題ない。

龍と成った鯉たちは、そのまま川の上流——北西方向へと私達を乗せたまま空を泳いでいった。

閑話　第二騎士団長の言うことには

「ヴォルク第二騎士団長、お疲れ様です！」

「おう、お疲れ様。今日はゆっくり寝て、明日に備えろよ～」

「はいっ！」

俺、ことヴォルク・アルテミスはヴィレーリア王国の第二騎士団長を務めている。

アルテミス家は代々騎士を輩出してきた男爵家で、俺も例に漏れず騎士になったというわけだ。

兄貴達よりもちょっぴり剣の腕があった俺は、三十の時に第二騎士団長に抜擢され――それから今日で五年が経つ。

そんな俺に一年ほど前、大変優秀な部下が出来た。

「おい、グレン。飲んでるかぁ？」

「……団長。いえ、飲んでいません。今日は不寝番ですから」

満天の星空の下、野営地の片隅で暖をとっていた男に声をかける。

「まーな。夏とはいえ、この辺りは夜になるとかなり冷え込むから酒を飲むなり着込むなり対策しておいた方がいいぜ」

そう言いながら、俺はその男の隣に座り込んだ。

　──グレン・ブライアント。

　十八という若さで第二騎士団の副団長の座にまでのし上がってきた実力者。

　ブライアント辺境伯家の長男で、物腰の柔らかなその性格と端整な顔立ちからか、常に王宮の侍女や騎士寮のメイド達に黄色い声を上げられている。同じ男としては憎らしい奴だ。

「今回の長期遠征に、いの一番にお前が名乗り出たのは意外だったな」

「そうでしょうか？」

　今回は第六騎士団との合同遠征であり、第二騎士団は希望者のみの参加だった。

　俺の知るグレン・ブライアントという人物は人数が足りなければそっと名乗り出るような気の利く男ではあるが、自らこのような行事に参加する男ではない。

「まあ、包み隠さず申し上げれば、来月の〝花祭り〟当日の休暇が欲しかったので」

　〝花祭り〟とは毎年九月の終わりに執り行われる豊穣を祝う祭りだ。

　ヴィレーリア王国の国花、ダリアが花盛りを迎えるため〝花祭り〟の名称が定着した。

　花祭りの主役となる豊穣の女神は愛の女神でもあるため、国中の恋人達の一大イベントとなっている。当日は王都全体がお祭りムードで賑わう──その反面、事件もぐっと増えるため、騎士団員の大半が出勤となるというのが悲しい現実だ。

「ああ、例の婚約者と行くのか？」

「はい……誘っていただけたら、ですけれども」

　花祭りは豊かな実りを女神に感謝する祭り。神話において実りの季節は、女神の告白に対して

後に伴侶となる神が応え、それに喜んだ女神がこの季節を祝福したため訪れるとされている。

それ故に、花祭りでは女性から男性に対して贈り物などをはじめとしたアプローチを行うのだ。

「――まあ、それは大丈夫だろ。あんだけ熱烈に求婚していたんだし、婚約したんだろ？」

「ええ、ふた月ほど前に」

グレン・ブライアントが王太子の婚約者を決めるパーティーで参加者に求婚されたという話は、その日の内に騎士団中に広まった。騎士という職業が一部ご令嬢の憧れとなっているのは事実だが、流石に王子には勝てない。それを蹴ってまで求婚した猛者《もさ》はどこのどなたか――と団長クラスまでもが柄にもなく当事者たるグレンに詰め寄った。

……なんなら俺は求婚した現場も詰め寄られている現場も見てたしな。

最初は子供の戯言かと思っていたが、案外そうでもなかったらしい。

「まあ彼女はまだ十二歳ですし、あまりがっつき過ぎないように気をつけなければ」

「十二つったって、あと三年したら成人だぜ？」

俺の言葉にグレンは「……嫌われたくないもので」と、はにかんだような笑顔を浮かべる。

そこで、胸の内でおじさんのお節介な思いがムクムクと湧き上がってきた。

「――相手のことを慮るのは大切なことだが、相手が子供だからと言ってそれが気を抜いて良いと言うことにはなんねぇんだぞ？」

「経験則ですか？」

「うるせぇ！　俺には他の筋肉馬鹿どもと違ってちゃんと嫁さんがいるんだよ！」

「ええ、その話は酔っ払った団長から何度も聞きました。二つ下の幼なじみで、少し体が弱く、気が強くてかつ面倒見が良くて――よく尻に敷かれていると」

余計なところまで憶えやがって、この秀才副団長は……！

「子供の成長の速さは異常なんだ。気ぃ抜いてみろ？　あっという間に立派なレディになるからな」

「……そういうものでしょうか」

「おうよ。今は〝子供〟って意識が強くても、すぐ一人の女性として意識せざるを得なくなるからな。それに、お前が意識しなくても、婚約者殿の同年代がそうとは限らないからな」

グレンの耳が俺の言葉にぴんっと反応した。

平常な色を浮かべていたその表情に、ほんの少し焦りの色が浮かぶ。

――よーし、しめしめ。暫く焦ってろ！

なみなみと酒を注いでいたはずのグラスが空になっても、グレンは口を開こうとはしなかった。

飄々としていて何でもそつなくこなすエリートだから、こういう手合いの話にも慣れっこだろ……なんて思っていたのだがそうではないのかもしれない。

パチパチと爆《は》ぜる薪の音と、澄み切った星空に浮かぶ満月が良い酒の肴になる。

こんな夜も悪くない――そんなふうに思った瞬間、今まで微動だにしなかったグレンがその腰に提げていた剣に手を伸ばした。

「どうかしたか？」

「――いえ、今一瞬声が……？」

どうやら本人も戸惑っているらしい。

獣人という種族故か、それとも本人の才能なのか、グレンが俺の部下になって以来彼の探知が外れた試しはない。

俺達のように不寝番をしている奴はこの野営地にぽつぽついるが、その不寝番の他に起きているやつは居ない。酷く穏やかな夜だ。

しかし、再び上を見上げるとその平穏は一瞬のうちに覆されてしまう。

「おい、月が翳《かげ》っているぞ……！」

翳っているというのが正解なのか、それとも……

「あれは……龍、でしょうか？」

美しい円を描いていた黄金の月に、蛇のような何かの翳が浮かんでいる。

あんな高いところを飛んでいるなんて、どんな魔物だ⁉　Ａランクは軽く超えてるだろ……！

俺は急いで首から提げていた緊急用の笛を吹いた。

「お前ら、起きろ！　魔物のお出ましだぞ！」

天幕からおのおの武器を持った団員達が、目を擦りながら飛び出てくる。だんだんと魔物が降下してくるのが分かった。

「弓兵、放て！」

第六騎士団長の声に合わせて、弓が唸り声をあげ、矢は天へと昇っていく。

魔物を迎撃したか——そう思いきや、放たれた矢は魔物の体表に届く前に稲妻に阻まれてしまった。

「雷系の魔物か？」

「でも、サンダードラゴンとはあまりにもシルエットが違いすぎないか……」

起きてきた団員達が騒《ざわ》めく中、一人、驚いたようなグレンがその端正な顔に微笑みを浮かべた。

「——花祭りには早すぎる贈り物だ」

この場においてその言葉の真意を知るものは、きっと俺以外居ないに違いない。

龍達は体感約半日ほど空を泳ぎ続けた末、ドレイク湖とヴェリタリアの中腹ほどにある川辺へと降下していった。

ああ……まあ君たち元は水生生物だもんね……水辺に帰りたがるのは分かりますよ……。

上空から見るとあちらこちらからぽつぽつと松明《たいまつ》や焚火《たきび》の炎が見える。恐らく、商人か誰か大きな団体が野営しているのだろう。今の私には彼らに被害が及ばないことを祈る事しか出来ない。

商人かな……ごめんよ……。

地上から誰かの喚《わめ》くような声が響き、その瞬間矢が放たれたことを悟る。

龍は無事でも私達が射られたら無事じゃすまない！

「《雷壁》！」

咄嗟に口に出た魔法で矢を落としていく。

これ下から射っているなら打ち落としちゃ駄目だったやつ!?　などと後悔してももう遅い。

判断ミスで打ち落としてしまったのだから、土下座くらいは覚悟しておこう。

そうこうしている内に、川の水面がよく見える程地表に降りてきていることに気がついた。

不幸中の幸いと言うべきか、ぱっと見では浅い川には見えないので、骨折なんて羽目にはなら

ないだろう……と信じたい。

——龍達は引き寄せられるように水面へと飛び込んだ。


「し、死ぬかと思った……！」

川に飛び込んだ龍に押し上げられて、私はようやっと水面へと顔を出した。

く、空気が美味しい……生きているって素晴らしいな。

息を整え、周りをぐるりと見回すと盗賊のお兄さん達もあちらこちらで顔を出している。向こうではネロが岸辺に上がる姿が見えた。

——とりあえず、全員生きているって事でいいのかな？

命の危機から逃れられたという実感が湧き上がり、急に体の力が抜ける。

うわ、やばい。早く岸に上がろう……。

いくら夏とはいえ、ヴィレーリアの夜は冷える。発熱していた龍に触れていたから凍死は免れていたけれど、長時間の飛行で体の芯まで冷えてしまったようで身震いが止まらない。

こんなの、冗談抜きで低体温症になるわ！

岸に辿り着いてふと森の方へ視線をやると、木々の影から揺らめく炎が見えた。

「団長、恐らくこの辺りに魔物が——」

あれ、この声はどこかで聞いたような……？

そんな声が響いたと思った次の瞬間、茂みから姿を現したのは、騎士団の制服を少しばかり着崩したグレン様だった。

「……グレン様！」

「――やはり、貴方はいつだって私の予想を上回る」

「お見苦しい姿を、申し訳ありません」と言いながらグレン様は開けていたシャツのボタンを留め直した。

あ、別に直さなくていいのに――という言葉が零れかけたが、グレン様の声で遮られる。

「どうしてこのような場所に？」

柔らかな、しかしどことなく困惑したような笑顔を浮かべてグレン様はそう尋ねる。

「……まあちょっと色々ありまして」

王太子の今カノ？　と遊覧船に乗ったりとか、誘拐されたりとか、地震のせいで溺死しかけたりとか、龍の背に乗って凍死しかけたりとか……本当に色々！　色々あったのだけれども！

「失礼、このような物しかなく申し訳ないですが」

どこから説明するべきかと悩んでいると、グレン様は自分の制服の上着を脱いで私の肩にそっとかける。その瞬間、ふわりとフィルの花の香りが全身を包む。

――これはまずい！　妙に意識してしまう……！

私はその意識を振り払うように口早に話した。

「……あの、事情はあとでお話しいたしますわ。その前に黒髪の少年を残して、全員拘束して貰

って良いですか？　密売人兼人攫いで――ゾルドの間者らしいのです」

「……っ⁉　確保！」

私の言葉に、近くに立っていた団長の地位を表す白い制服を纏った男性が鋭い声でそう叫ぶ。密売用と思わしき契約書で契約を交わした賊のお兄さん達は当然逃げることは出来ず、騎士団の人々に大人しく拘束された。

とりあえず、これで私の役目は果たしたってことで良いよね……？

チラリと川底を覗くと、ゆらりとその身をくねらせながら悠々と泳ぐ龍達の姿があった。流れ淀まぬ清流に、心なしか彼らも嬉しそうに見える。

良かった良かった、とほっこりしていると今まで穏やかな笑顔を浮かべていたグレン様が、急にストンと表情を落として私を抱え上げた。

「……ひっ！」

いや、分かるよ？　せめてここは「きゃあ！」とか百歩譲っても「ひゃっ！」とか可愛い声で叫ぶべきだったたってことぐらい自覚しています。「ひっ！」とかどれだけ可愛げがないのか……！

「ぐ、グレン様⁉　どうかいたしましたの⁉」

「ええ、まあ――私にも独占欲というものがございまして。御身を長時間同僚の目に晒すことすら耐えられない私の狭量さをお許し下さい」

グレン様は再びにっこりと笑顔を浮かべた。

——背筋がぞっとするような、恐ろしい笑顔を。

＊＊＊

グレン様に抱きかかえられたまま野営地の天幕の一つに戻ると、そこで私は知っていることを洗いざらい吐かされた。そもそもこの野営地に辿り着いたのが夜更けだったこともあり、事情聴取が終わった頃には既に空が白みはじめていた。

ヴェリタリアの方へは騎士団員の方が鷹を飛ばして私の無事を知らせてくれていたらしい。ありがたいと思う反面、お手数をおかけして申し訳ないという気持ちでいっぱいだ。

今回この付近で遠征をしていた騎士団はグレン様の所属する第二騎士団と第六騎士団で、その目的は畑や民家を荒らす魔物達の駆逐だったらしい。一昨日の時点であらかた片づいており、駆逐を逃れた魔物達が戻ってこないかどうかを警戒していたそうだ。

もう一週間もすれば王都に帰還する——という話を聞いたところで、第二騎士団長たるヴォルク・アルテミス様が口を開いた。

「グレン、第二騎士団を連れて、捕らえた賊達の護送とアーシェンハイド嬢が自宅に戻られるまでの護衛を頼んで良いか？」

「はい、拝命いたしました」

「えっ、でもまだお仕事が」

そう言いかけた私の言葉を、ヴォルク団長は茶目っ気たっぷりなウィンクをしながら遮る。

「犯人の護送やご令嬢の護衛も立派な騎士の仕事ですよ」

な、なるほど……？

残念ながら私は騎士の仕事には大して詳しくないのでよくわからないが、団長が言うのだからそうなのだろう。

「お言葉に甘えて。よろしくお願いいたします」

そして第二騎士団の皆様の護衛の下、何事もなく無事に帰宅した――ように思ったのだけれど。

「あ、あの、グレン様？　もしかしてやっぱり……怒っていらっしゃる？」

「いえいえまさか。数ヶ月ぶりに愛しい婚約者に出逢えたというのに、何を怒るというのでしょうか？」

用意された馬車に乗り込んで以来、私はグレン様の膝の上に座らされていた。

馬車が狭いわけではなく、なんなら向かい側の席はガラ空きだというのに何故⁉

「お、重いでしょう？」

「羽のように軽いですね」

グレン様はいけしゃあしゃあとそう言ってのけた後、眉を八の字にしながら言葉を継ぐ。

「私の可愛い婚約者殿は目を離すとすぐに危険に飛び込んでいくので、私は恐ろしくて恐ろしくて……」

だから物理的に拘束するってこと……⁉

グレン様は満面の笑顔だというのに何故こんなにもひしひしと冷気を感じるのだろうか。

優しい人ほど怒らせると怖いと言うけれど、そう言うこと……？

「その、私も反省しておりますわ。でも色々事情がありまして……」

こちとら獄中死云々が関わっているので、改めるつもりはないけれど反省しているのは確か。

情状酌量を狙ってそう訴えると、予想に反してグレン様は芝居めいた悲しげな表情を浮かべた。

「ええ、きっと貴方のことですから、その行動は必要なことなのでしょう。ですが貴方は行く先々で人々を誑かされますから」

「……たぶっ⁉　そんなことはありませんわ！」

「そうでしょうか？」

慌てて否定するも、グレン様はゆるゆると首を振って受け付けてくれない。

「私や王太子殿下——先ほどの奴隷の少年も。その感情がどんな物であれ、貴方という存在に惹かれたというのはまごう事なき事実です。そしてその事実が私を焦らせる。……どうぞ、それをお忘れなきよう」

人差し指を立てたグレン様はそれをそっと私の唇に添える。

——どうしよう！　心臓が転《まろ》び出そう‼

ボンッと音を立てるかのように顔が熱くなった。

グレン様はそんな私の様子を愉快そうに眺めつつ、「もうすぐ着きますね」と微笑んだ。

＊＊＊

ヴェリタリアに到着すると、既に日が高く昇っていた。

見慣れたその避暑地の街並みを見ると、帰ってきたんだなと安堵の思いが広がる。

いや、まだ自宅には帰ってないけどね！　家に帰るまでが遠足だって言いますけれども！

馬車でヴェリタリアまで向かう途中で新しいワンピースを手配して貰ったので、アルナ様が待っているというメープル家別邸に直行する。話によれば身の安全を確保するためにアルナ様以外のメンバー――シェリー様やソフィア、ルイーズは王都に強制送還だったとのこと。

まあ侯爵令嬢が攫われたのだからその判断は妥当だ。

メープル家別邸に到着し一階の突き当たりにある部屋の扉を開けた瞬間、何かが鳩尾《みぞおち》に飛び込んできた。

「――ごふっ！」

「セレナ様ぁ！　よく無事で！」

「あ、アルナ様、苦しいですわ……」

あまりの速さに何が飛び込んできたのかと混乱したが、よくよく見ればそれはアルナ様だった。

私のお腹に顔を埋めていたアルナ様が顔を上げると、目元は赤く腫れ、既に号泣状態だった。

「な、亡くなられてしまわれたかと思いました！　私が居なければこんなことにはならなかった

のに、と……！」

この一連の騒動はアルナ様が思い悩むことではないというか、もはや自業自得の域だと思っていたのだけれど、アルナ様はアルナ様で色々思い悩んでいたらしい。

確かに私は精神年齢が十八歳だから話は別だけれど、アルナ様は十二歳の子供。

仕方ないことだと割り切れるほど大人びてはいなかった。

「大丈夫ですわ、私の独断ですもの。アルナ様が気にするようなことではございませんし――私はアルナ様が心配してくださっただけで十分なほど嬉しいですわ。……それに」

その言葉が零れたのはほぼ無意識だった。

「――人間はそんな簡単に死ねるほどやわではございませんから」

殴られても、蹴られても、水に浸けられても、どれだけ死んだ方がマシだと思っても、どうしてか最後は〝生きていたい〟と望んでしまうのが人間なのだと、あの日を体験した私は思う。

「せ、セレナ様？　やっぱり辛いことが……？」

「いいえ？　あ、誘拐犯の皆様には大変良くしていただきましたわ！　今回の件と私の持論は特に関係ございませんの！」

誤魔化すように、私はとっておきの笑顔を浮かべる。

危ない危ない、うっかり端から見れば歴戦の戦士みたいなことを言っていた……！

こんなことを呟く貴族令嬢なんていないわ。

隅の方で控えていたグレン様が一瞬顔を顰めたような気がしたけれど、私の心の平穏のために

気のせいだということにしておきたい。

「さ、早く涙を拭わないと目元がかぶれてしまいますわ。かぶれてしまってはせっかくの美人が台無しですもの」

泣き顔の美人は絵になるが、塩にかぶれた美人は勿体ない！

ハンカチを差し出すと、おずおずとそれを受け取ったアルナ様が目元を拭う。

「(……さて)」

——無事に帰ってはこられたけれど、ここからが大変なのよね。

私は行く先を案じて小さくため息を吐いた。

「セレナ、入るぞ――おうおう、元気そうで何より」

「本気でそう見えると仰るなら一度お医者様か回復魔導師に診て貰うことを強くおすすめいたしますわ、お兄様」

「相変わらずだな、お前は」

窓の外は夜の帳《とばり》が下り、窓枠の外には銀砂を撒いたような満天の星空が広がっている。

窓を開け放つと涼やかな風と共に、秋の虫の音がどこからともなく舞い込んでくる。夕食後、げっそりと自室のテーブルに突っ伏していた私の元にやってきたのは、随分と上機嫌な様子のお兄様だった。

「お茶はいかがなさいますか？」

「いや、大丈夫だ、ノーラ。お構いなく」

戸棚に入れてあった、お兄様が最近気に入っている紅茶の缶をいくつか取り出してノーラが尋ねるが、お兄様はそれを断りつつ向かい側のソファーに腰掛けた。

「随分とお疲れの様子だな。……ま、あれだけ引っ張り回されれば当然か」

王都に戻ってからの私は、王宮の騎士団本部に呼び出され、数時間に及ぶ事情聴取に付き合わ

される羽目になった。

実際私が聴取されていたのはそうたいした時間ではなかったけれど、誘拐犯の主犯格やネロの聴取に相違がないか確認するように頼まれたのだ。自分が詰め寄られているわけではないのに、これほど精神がすり減るなんて……。確かに私は、誰かが怒られていると自分も怒られているような気分になるタイプだけど……！

事情聴取後はネロの減刑の嘆願書を提出した。先手を打って王宮に呼び出される前に用意していて、ネロが奴隷で誘拐の協力に対する拒否権がなかったこと、彼がまだヴィレーリアおよびゾルドの成人年齢に達していないこと、また私の救出に尽力してくれたことをつらつらと書き連ねた。その影響か、無事ネロは監視付きの数週間の執行猶予――ほぼ無罪放免に近い形の刑が決まった。正直王宮がここまで譲歩してくれるとは思っていなかったのでちょっぴり驚いている。

いやぁ、ちゃんと用意しておいて良かった……！

「――それでお兄様、今日はどうなさったの？」

「激務の妹を励ましに来た優しいお兄様だけでは足りない、と？」

私がそう問いかけると、お兄様は芝居がかった声色でそう質問を投げ返してきた。

十八年ほどこのセベク・アーシェンハイドという男の妹をやっている私にはよく分かる。

こういうときのお兄様は物凄く面倒臭いのだ。適当に乗っておいて早めに切り上げるに限る。

「そうですわね。私はほんの少しだけわがままな侯爵令嬢ですから、心優しいお兄様だけでは満足できませんの」

私のその答えを聞くと、お兄様は満足そうな声色で言った。

「そうかそうか――なら明日、王宮の研究棟まで来ると良い。良いものを見せてあげよう。お前もきっと元気になるぞ」

どこか思わせぶりに人差し指を立てながら己の唇に当てお兄様は妖艶に微笑んだ。

――王宮の研究棟？　何故？

私の疑問はついぞ解決しないまま、お兄様は「あと、サンドイッチを作ってこいよ！」と言いながらひらひらと手を振って私の部屋を後にした。

＊＊＊

もはや婚約者時代よりも訪れているのでは……？　と思うほど最近何かと呼び出されがちな王宮。

今日はお兄様の謎のリクエストのサンドイッチも一緒だ。なんだかよくわからないけれどお兄様のあの態度にはちょっぴり腹が立ったので、一つだけ激辛サンドイッチを混ぜておいた。

いつものように裏門を通過しようとすると、いつもの門番のおじさまが見送ってくれた。

お兄様の勤める王宮魔導師団の研究棟の戸を叩くとそう待たずに入室の許可が下りる。

その扉を開くと、室内の中央にお兄様とロベリア様が立っていた。

「お、来た来た。道中何もなかったか？」

「久しぶりだな、妹ちゃん。色々大変だったと聞いたけれど……？」

「ええ、無事ですわ。お久しぶりです、ロベリア様。ご心配をおかけいたしましたわ。私はこの通り元気ですわ！」

「うんうん、それは良かった」

久しぶりに対面したロベリア様は、相変わらずお元気そうでほっとする。

——相変わらず……って言うかむしろ前より生き生きしているような？

サンダードラゴンの一件の時は戦闘時だったから疲弊していたのは当然なのだけど、以前お会いしたときよりも溌剌としていらっしゃるような……？　それに、ロベリア様はどうしてここにいらっしゃるのだろうか。偶然……ではないだろうし？

そんな私の疑問は、ロベリア様の言葉が解決してくれた。

「すまないね。セベクが君を呼び出したこととはまた別件で、今日は少し君の時間をいただきたいんだ」

「……と、おっしゃいますと？」

「——これを」

そう言って差し出されたのは、分厚い紙の束だった。表紙には〝魔法相性の見直しについて〟と題されている。

——あ、これ、逆行前に見たことある！

「論文……！」

「ああ、君が言っていたことを参考にして、魔法相性の見直しの研究をしていたんだ」

「まだ研究途中だけどね」とロベリア様は微笑む。ページを一枚、一枚と捲《めく》る度に見覚えのある文章が目に飛び込んでくる。

――懐かしい。

そんな思いが胸の底にじんわりと広がる。逆行前に幾度も繰り返し読み返した論文と一言一句違わないそれが今ここにあると思うと、不思議な気持ちになった。

――とまあそれは置いておいて、十二歳の子供に過ぎない私に何故これを？

「ここの論文発表者の欄に、君の名前を載せたい」

「……えっ？」

あまりの出来事に思考が停止する。

え、普通に何で？

「君はこの研究の原案の発案者であり、サンダードラゴン討伐の際にその実験を成功させてみせた功労者でもあるからね。君の名前がここに記されるのは至極当然なことだよ？」

「そ、そんな！　辞退させていただきますわ！」

「それは困るなぁ」

そもそもこの研究はロベリア様主導でやっていたものだし！　私はパクった、と申しますか!?

――とは流石に言えないので何とか理由を捻り出そうとする。

「私はただ子供の絵空事を呟いただけですし！」

「それが形になったんだよ」

「実験と言っても魔法を打ったのもドラゴンを倒したのも私ではありませんし！」

「魔法の研究者なんてそんなものだよ」

ぐ、ぐぅ……！　ああ言えばこう言う……！

「あ、あまり目立ちたくありませんもの」

「じゃあ、小さく名前を載せておこうね」

これでどうだ⁉　と意気込んでみたものの、あえなく撃沈した。うなだれている間にさりげなくロベリア様は書類に私の名前を記載していた。やっぱり無理だったよ……。

「──あ、終わりました？」

「ああ、妹君にもしっかり承諾を貰ったよ！」

ニュアンスが違うと思いますけれどねぇ……？

恨みを込めた視線を向けてみたが、そんなものでロベリア様に太刀打ちすることなど出来なかった。

「よしよし、じゃあセレナ。そろそろいい時間だし行くか！」

「はい、お兄様」

やっぱり王宮にいてもろくなことがない。お兄様が何を画策しているのかはさっぱり分からないけれど、さっさと行ってさっさと終わらせよう！

＊＊＊

お兄様に連れてこられたのは歓声と野次馬の声が入り交じった騎士団の訓練場だった。

数名の騎士達が木剣を持ち訓練場の各所で手合わせをしているのを、他の騎士達がぐるりと囲んで見ている。

そんな中、お兄様は訓練場の一番左のペアを指さした。

「ほら、セレナ。あそこに居るのがグレン……だと思うぞ」

中々距離があるのでよく見えないがちょっと目を細めてみると――確かに！　右側の獣人の騎士はグレン様っぽい！

さっきはサクッと終わらせて帰るなんて言ったけれど、前言撤回、私は死んでもここを離れません！

グレン様はまごう事なきイケメンだし、今手合わせをしている騎士様も中々のイケメン。

そんなイケメン二人が真剣な表情で手合わせをしている。逆行前の学院時代の同級生達が見たら、確実に黄色い歓声ものだわこれは。私は言うほど面食いではないと思っているけれど、そんな私でさえこんなにテンションが上がっているというのだから間違いない。

やっぱりイケメンって凄いな。見ているだけで数年は寿命が延びる気がするもの。

まあ私は、うっかりしていると寿命なんて関係なく獄中死してしまうけれど！

訓練場の二階から観戦をしていると、通りがかった騎士様に下に降りますか？　とお誘いをいただいたのでお言葉に甘える。

一階に降りると、一気に歓声と野次馬の喧騒が強くなった。

やっぱり至近距離で見ると迫力が違うな……！

「来月、花祭りがあるだろう？　その際の休暇を誰が取るかを、今年は試合で決めるんだと」

お兄様がそう説明をする。

――ああ、花祭り……花祭りね……。

思わず苦々しい表情を浮かべそうになった。

花祭りと言われると、前回、意気込んでサプライズの用意をした上しっかり約束を取り付けていたのに「公務が入ったから無理」とドタキャンされたあの日のことを思い出す。しかも後々聞いたらそれは午前中で終わるものだったらしく、午後は城下町にお忍びで出ていたそうだ。

本当に……！　本当に嫌いだわ、王太子なんて……！

不意に一際強い打ち合いの音が響き、次の瞬間カランカランと木剣が乾いた音を立てながら地面に落ちる。

その音で私は現実へと引き戻された。

どうやらグレン様の一閃が、お相手の木剣を弾き飛ばしたらしい。

「――勝者、グレン・ブライアント！」

審判を務めていた白地の騎士団の制服を纏った男性が左手――グレン様側の旗を上げる。

グレン様とお相手を取り巻いていた騎士達から歓声が上がり、私もつられて拍手をする。

前々から強い方だとは思っていたけれど、よくよく考えれば十八歳で副団長って偉業だよね。

グレン様は相手の落とした木剣を拾い上げて渡す。その動作のうちに、一瞬だけ目があった。

グレン様はふわりと柔らかな笑みを浮かべた後、こちらへと向かってきた。


「――セレナ、それにセベクも。どうしてここに？」

不思議そうな表情を浮かべながら、グレン様がそう尋ねる。

セレナ呼びは定着したのだろうか？　ファーストネームで呼ばれる程度で？　と自分でも思うのだが、これが案外気恥ずかしい。

「セレナもお前も疲弊した様子だったからな、私からのささやかな贈り物だ」

そう言ってお兄様はとんっと私の背を押した。大して強くない力だったけれど不意打ちだったため、私はふらついてグレン様の懐に飛び込む。

――お兄様、謀《はか》ったな……！

どうやらお兄様の言う〝良いこと〟とはこのことだったらしい。

確かにこれは良いものを見せて貰ったけれども……！

というか、私はグレン様に会えると諸々の意味で嬉しいけれど、グレン様の疲労はその程度のことで回復するのだろうか。

「ありがとうございます、セベク」

グレン様は少し手を彷徨《さまよ》わせた後、私の頭を優しく撫でた。突然の出来事に頭の中が真っ白になり体が強張《こわば》る。

ああもう、駄目よセレナ！　動揺したらお兄様に揶揄《からか》われるに決まっているじゃない！

平常心平常心と何度も唱えつつ、熱を持った顔を見られないように俯く。

「どうだグレン。少しは元気が出たか？」

「ええ、日頃の疲れが嘘のようです。今年は突然、休暇取得権は試合で勝ち残った者のみ権利を与えると言われまして……あの二ヶ月間はなんだったのか、と」

グレン様の私を撫でる手は止まらない。なんだかペットになった気分だ。でもまあ、これで少しでもグレン様のお力になれるというのならば私も甘んじて受け入れましょう。

私が癒される一方な気もするけれど！

「今のところ、勝率はどうなんだ？」

「問題なく勝ち進んではいますよ。……まあ、まだ一度しか団長クラスとぶつかってないので何ともいえませんが」

いやいやいや、騎士団の団長クラスって国内屈指の騎士ってことですよね⁉　既に一勝を収めているってこと⁉　グレン様ってどれだけ規格外なんだ……！

それだけの腕の騎士がいたら絶対話題になっているはず。けれど逆行前にグレン・ブライアントという名前はほとんど耳にしたことがない。ということはやはり――。

「（グレン様は五年後に亡くなられる……？）」

そう考えると、背筋が薄ら寒くなった。

やっぱり、身近な人の死といったような話題は考えたくない話だけれど、多分私の考察は間違ってない。王太子と婚約するのも、私が冤罪で死に至るのもお断りしたいが、グレン様をはじめとした周りの人が死ぬことも避けたい。

それにグレン様は私が必ず幸せにするって決めたし……！

そこまで思考を巡らせていると、不意に頬を誰かにつつかれた。

「ぐ、ぐれんふぁま……？」

ぷに、ぷに、と不規則に頬をつつかれる。

見上げればグレン様のにっこりとした――しかしどこか恐ろしい笑顔があった。

笑っているはずなのに笑ってないというか、綺麗すぎて現実味がないというか……？

怒っているわけではないんだけど……。

グレン様は何も言わずに跪《ひざまず》くと、そっと私の耳元に唇を寄せた。

「せっかく会いに来て下さったのに、考え事ですか？」

「ち、ち、ちが……わないですけれども……！」

「たまには私にも構って下さらないと、嫉妬で次の対戦相手を塵芥《じんかい》にしてしまいそうです」

そのセリフ、グレン様が言うと冗談には聞こえないんですけれども……⁉

ちなみに次の対戦相手はアレン様に決まったらしい。ヤバい、アレン様が塵芥になる！　グレン様ならきっとやる……！

一瞬想像しただけなのに、一気に背に冷や汗が吹き出た。

「グレン様のことを考えていましたの……その、お怪我をしたら嫌だなぁと！」

嘘は吐いてない、ちょっと違うけど嘘は吐いてない。五年後の話だけど、ちゃんとグレン様のことを考えていたから！

「そうですか」

グレン様は疑問符がつきそうな声色で首を傾げる。

誤魔化せてない感は否めないけれどこれ以上は藪蛇《やぶへび》なのはわかっているので口を噤む。

「それでは、元より負けるつもりはありませんでしたが——貴方が他の男に目移りしないように尚更負けるわけにはいきませんね」

違いますって！　と反論しようとしたその瞬間、審判の「アレン、グレン・ブライアント、前へ！」という声が響く。どうやらグレン様の順番が回ってきたらしい。

グレン様はフィールドへ向かおうと一歩踏み出し——くるりと振り返った。

「——そうだ、この後の試合全てに勝利した暁には、貴方から私に一つ褒美をいただけませんか？」

「ご褒美……？」

「はい」

グレン様はこくりと頷く。

まあグレン様のことだし大金を用意しろ！　とか無理なことは言わないはず。

ここは私の名誉のためにも、引き受けておこうかな。

「私に出来ることならばなんでも！　……あ、でも事前に教えていただけると嬉しいです」

「――それでは、貴方に口づける許可を」

グレン様はそう言って微笑むと、ぶんっと音を立てて木剣を振った。

〝それでは、貴方に口づける許可を〟――ってことはつまり、キスってことですか⁉


その後のグレン様は驚きの快進撃を見せた。

まず、はじめにアレン様との試合。幾度か打ち合い、グレン様がアレン様の首筋に木剣を突きつけ一本の判定に。次に第三騎士団の副団長様との試合が執り行われたものの、これも難なく勝利を納めた。その後当たった新兵との試合では、グレン様は開幕早々横に木剣を一閃して相手の木剣を弾き落とし、騎士団内最短勝利記録を更新したのだった。これはあまりにも新兵が可哀想すぎた。

グレン様、容赦がない――そ、そんなにご褒美が……⁉

そして最終試合。お相手はグレン様直属の上司――ヴォルク・アルテミス第二騎士団団長。

執行猶予付きで奴隷の身分からも解放されたネロを引き取ってくれたのがヴォルク団長だった。なんでもヴォルク団長には最愛の奥方がいらっしゃるが、お体が弱く子供が望めない。ネロ本人さえ頷けば我がアルテミス家に養子として迎え入れたい――とのこと。

現在ネロはアルテミス夫妻の下、日々穏やかに過ごしていると聞いた。

そんな恩もあるこの方、実は逆行前に私と関わりがあったりもする。詳細は省くけれど、なんなら知り合いの騎士様の中では屈指の仲の良さだった。私の知っているヴォルク団長の左の瞼には縦に一筋刀痕が残っていたが、今のヴォルク様にはない。

ということは今から六年の間についたのかな……？　と考えてみたり。

フィールドで対面する二人の間には静寂が広がっていた。

しばらくの間続いたそれを破ったのは、ヴォルク団長の方だった。

「いいか、グレン。お互い忖度《そんたく》無しだぜ？」

「――かしこまりました。殺す気で挑ませていただきます」

ヴォルク団長の挑発に、グレン様は獰猛な笑みを浮かべる。空気がひりついて、賑やかだった観戦席が静まり返る。審判の声に、両者が木剣を構えた。

「……どっちが勝っても枠的には両方休暇取れるのにな」

「お兄様、それは言ってはいけない約束ですわ！」

最終試合といえども、既にお互い休暇取得権が与えられる順位に達している。

こんな言い方はしたくないが、要はこの試合――茶番なのだ。まあ勿論グレン様にはご褒美がかかっているので無意味というわけではないだろうけれど……。

「――はじめっ！」

審判の声に合わせて、グレン様が踏み出した。

最初は間合いをつめ鋭い一閃。ヴォルク団長はその一振りを受け止め、更に弾き返す。その後もグレン様の激しい攻撃に、ヴォルク団長が耐えるという状況が暫く続いた。

私は戦闘にはあまり詳しくないから細かいところは分からないけれど、グレン様が優勢なのが見て取れる。

カンッカンッ、と不規則な打ち合いの音が響く中、不意にヴォルク団長が半歩引いた。その上で、ヴォルク団長の低いカウンターが決まる。

ギリギリのところでそれを受け止めたグレン様だったが、今度はヴォルク団長が激しく打ちグレン様が受け止める――攻守が反対となってしまった。その後暫く膠着《こうちゃく》状態が続き、遂にグレン様は振り下ろされたヴォルク団長の木剣を受け止め損ねる。

その瞬間、グレン様の木剣が悲惨な音を立てて折れた。

「そこまで！　勝者、ヴォルク・アルテミス」

審判のその宣言に、野次一つ飛ばず誰もが魅入っていた会場全体から割れるような歓声が沸き上がった。

――所変わって、王宮内の食堂。

この食堂では基本は料理人がつくったものをバイキング形式で取っていくらしいが、持ち込みも可能なのだとか。

隅の方の席を取って貰い、そこに私、お兄様、グレン様、そしてヴォルク団長が座る。

お兄様にサンドイッチを作ってこいと言われ多めに作ってきたものの、騎士二人に魔導師二人のこの構成じゃ絶対に足りない……。そんなことを考えながらおずおずと持ってきたバスケットの蓋を開けると、三人から歓声が沸いた。

……ちょっと恥ずかしいな、これ。

「あー！　まじで死ぬかと思った！　もっと忖度しろよ！」

「忖度しなくても良いと言っていたではありませんか。……ですが、やはりこれは悔しいですね」

そう言うとぺちょんと音を立てるようにグレン様の耳が垂れた。心なしか尻尾もしゅんとしているような気がする……!?

「すみませんセレナ、ご褒美はお預けですね」

「あ、いや、それはその……」

思わずしどろもどろになってしまう。

いや、ね？　グレン様が負けてしまったのは悔しいけれど、実はキスをしなくていいと思うとほっとしたというか……？

前回、婚約者は居たけれど不仲を極めていた私にとって恋人らしい経験など片手でこと足りる程度しかない。むしろ片手すらみたされない。恋人らしく手を繋いだり、ハグしたことだってない。キスなんてもってのほか。中身は成人だったとしても恥ずかしいものは恥ずかしいのだ……！

ちら、とグレン様の方を見ると、しょんぼりとした表情が窺える。

う、うーん……？　どうしてだろう、凄く良心が痛むような……。

いやいや、ご褒美はご褒美だし！　グレン様も次に持ち越し〜みたいな雰囲気だったし！

「本当に残念です」

あーはいはい、分かりました！　分かりましたよ！　私が折れます！　そもそも人前で求婚していて恥ずかしいも何もないよね！

私は意を決して、隣に座るグレン様に向き直った。

「グレン様、少しよろしいですか？」

「どうかされましたか？」

もぐもぐとハムレタスサンドイッチを頬張る手を止め、グレン様は小首を傾げる。グレン様の端正な口元がふわりと柔らかな弧を描く。

よし、頑張れセレナ。ちょっとぶちゅっとするだけだ……。異国では家族間や友人間でするって風の噂で聞いたこともある！　女は度胸だ！

「……失礼、しますっ！」

私はグレン様の胸倉をおもむろに掴むと手前側に引き、その頬にそっと唇を添えた。

ちゅ、と勢いに似合わぬ可愛らしい音が響く。

「——今はこれで精一杯ですわっ！」

向かいに座るお兄様やヴォルク団長、近くのテーブルの騎士達がこちらを凝視する中、逃げ出

したい気持ちをぐっとこらえて口早に叫ぶ。やった、やったよ、セレナ・アーシェンハイド。顔が急に熱くなり、今まで体験したことのないくらい心臓が早鐘を打つ。

おかしいな、ポーカーフェイスなんて妃教育で嫌と言うほどやったのに、グレン様が関わっていると急に出来なくなる。

照れ隠しで私はバスケットの端にあったサンドイッチを掴み頬張る。それがお兄様用に作った激辛サンドイッチとは気がつかずそれを咀嚼した瞬間、口いっぱいに言葉では言い表せぬ程の痛み――辛味を感じた。

「……辛い！」

世の中そんなに甘くなかった。

閑話　第二騎士団長の言うことには〈二〉

夜の帳が下りきり、夜警の団員もすっかり出払ったそんな夜半。

団長クラス以上の人間が生活する寮の談話室は既にほとんどの明かりが落とされ、隅の一席のみにテーブルスタンドの明かりが灯っている。

第三騎士団団長アルバート・ロードナイト、第六騎士団団長サイラス・カーライル、そして俺ヴォルク・アルテミスが、「乾杯!」のかけ声と共に互いのグラスを触れあわせた。

「今日は花を持たされましたね、ヴォルク先輩」

「うるせぇ、サイラス！　……まあ確かにそうだな、悔しい話だが」

サイラスの言葉に俺はある男を思い浮かべた。

――グレン・ブライアント。

第二騎士団の副団長を務める、俺の優秀な部下。獣人というアドバンテージを抜きにしても、目を見開くほどに素晴らしい戦闘技術を持つ男。ついでに言えば、俺をおちょくっているこのサイラスを打ち負かした強者だ。

「(……意図はよく分からんがな)」

例え既に休暇取得が確定していたとはいえ、可愛くて仕方がない婚約者の居る中わざわざ俺に

勝ちを譲った理由は不明だ。勝って格好いいところを見せたかっただろうに。本当は問い詰めたいところだが、そのような行為はパワハラに抵触するらしいのでしない。

「正直、意図して自分の武器を折るとかわけ分からないッスよね」

サイラスが自分のグラスを傾けながらご機嫌な様子でそう言う。ウイスキーの中の氷がカランと涼やかな音を立てた。

団長と副団長として生活を共にするグレンの戦闘の様子など嫌と言うほど見てきたわけだが、わざわざあの角度で受け止める様なミスをするようなやつではないのは重々承知の上だ。半歩下がったときだって、更に切り込めるだけの余裕がアイツにはあった。花を持たされたと言うよりは、手を抜かれたと言う印象が強い。しかし、不思議と疑問は残るものの不満はなかった。

「……ま、愛しの婚約者殿の不意打ちにはアイツもたじたじだったがな」

「いくら美形とはいえ十八の野郎が、純情な乙女みたいな反応をするのは流石に面白かったですね。……ま、胸倉を掴んだときはまさか殴るのかとヒヤヒヤしましたが」

「え⁉　何があったんスか⁉」

現場に居合わせた俺とアルバートのみがうんうんと頷き、事情を知らぬサイラスが不満げな表情を浮かべる。最初ははぐらかしていたが、あまりの勢いに根負けし俺は事の次第を話し始めた。

「グレンが試合前に婚約者殿にご褒美をねだってたのは知っているか？」

「キスしたい～ってやつッスよね？」

「そうだ。でもアイツは最終試合で俺に負けたから、ご褒美はお預けだなって話していたところ

で、婚約者殿がヤツの頬にちゅっとな。その後婚約者殿は突っ伏してしまったからご存じないだろうが、俺はアイツのあんな恍惚とした表情は見たことないぞって話だよ」

ひゅ～！　と本人も居ないこの場でサイラスがはやし立てる。

頬を赤らめているため、恐らくもう酔いが回り始めているのだろう。

「同期達を瞬殺して、俺みたいな団長クラスでも敵わないようなバケモンを、キス一つで倒す婚約者殿って強すぎじゃないっスか⁉　名前は？」

「たしか、セレナ・アーシェンハイド嬢……だったよな？」

「……アーシェンハイド、か」

その言葉を復唱すると、全身がぞっと寒くなった。それはアルバートや先ほどまで調子に乗っていたサイラスも同じのようで、思わず互いの顔を見合わせる。

「アーシェンハイドって、〝あれ〟ッスよね」

「ええ、セリア先輩の嫁ぎ先です……よね」

セリア・アーシェンハイド――旧姓だと、セリア・アラバスター。

今の新人は知らないかもしれないが俺達のような世代では名前を聞くだけで背筋がピンと伸びるような、そんな存在。どんな表情でも見惚れてしまうほどに美しいその容姿と、圧倒的な戦闘能力。今は淑女の鑑だなんだのと騒がれているが、俺達は忘れちゃ居ない。

セリア・アラバスターは歴代騎士屈指の脳筋かつスパルタ女だと言うことを。

学生時代や新兵時代を思い出そうとするだけで、鳥肌が立つ。どんな恐ろしい魔物の前に立っ

ても、「セリア先輩よりはマシ」と思えば怖くなくなるのだ。

「なんですかね……その、セレナ嬢？　将来有望そうッスね」

「ああ、何でも今セリア先輩に剣技の手ほどきを受けているとか」

「……俺、将来絶対セレナ嬢の上司にはなりたくないッス」

「彼女は侯爵令嬢で次期辺境伯のグレンの婚約者だぞ？　附属に進んでも、騎士にはならないだろ……たぶん」

手放していたウイスキーを取り上げ、茶色の液体を口に流し込む。

ぴっしょりと結露の起きたそのグラスが、まるで今の俺達のようだと思ったのは秘密だ。

第七章　逆行悪役令嬢と花祭り〈二〉

秋も深まり、朝の空気に冬の香りが感じられるようになった頃。

アーシェンハイド侯爵邸の自室には、何故か朝っぱらから兄が乗り込んできていた。しかしそんなことは気にもならないほど、今日の私は物思いに耽っていた。

「はぁ……」

「やめろよセレナ。幸せが逃げてくぞ」

「ではお兄様が適当に吸っておいて下さいまし」

そうして私がもう一度ため息を吐くと、少し間をおいてお兄様がすぅ、と息を吸った。

ノリが良いな、この兄は……。

「何がそんなに不満なんだ」

「不満と言いますか――ちょっとグレン様と顔を合わせるのが憂鬱なだけですわ。自分の蒔いた種ですけれども」

勢いで口づけてしまった……ほっぺにだけれども。ちょっぴり思い出すだけで顔が熱くなる。ついでに先日のサンドイッチの辛さを思い出し、口の中も痛くなる。これは重症だわ……呪いか何かなのかと疑いたくなるくらいだ。

——遂にやってきてしまった花祭り当日。

グレン様がお忙しかったのと、私の心境もあり、花祭りのお誘いは手紙でのやりとりになった。不誠実かな……？　とちょっと心配したけれど、手紙には快諾のお返事があったし、まあ大丈夫でしょう。

「グレンの反応に関して気に病んでいるのならば、心配する必要はないと思うぞ。俺からお前の様子を逐一グレンに報告しているし」

「は？」

——一体何をやっているのか、この兄は⁉

ぼんやりと宙を見つめていたところを、瞬時にお兄様のいる方向を振り返る。お兄様がしたり顔で意地悪く嗤《わら》った。

「やっとこっちを向いたな？　まあ心配するような内容ではない。お前のことばっかり考えて生活も覚束ないみたいだぞ、と」

「ひ、酷いですわ！　虚偽申告なんて！」

「虚偽申告？　なんて人聞きの悪い。最近の自分の行動を振り返ってみればいいさ」

さ、最近の行動？

私は少しだけ己の行動を振り返る。

ため息を零しがちだったり、ちょっと食事に手をつけられなかったり、ぼんやりとしがちだったり……？

「な？　虚偽ではないだろう？」

お兄様が自信ありげに微笑んだ。

私はお兄様から視線を逸らしながら適当に肯定をする。

「……そうかもしれませんわね？　お兄様が意地悪なのは変わりありませんけれど」

「まあまあ、お兄様のことをキューピットと呼んでも良いんだぞ？」

にやぁ、と人が悪そうにお兄様は口元を歪ませた。

む、ムカつく……！

兄に対してこんなに腹が立ったのは牢獄ぶりじゃないだろうか。苛立ちに任せて魔法を放とうとしたところを、何とか僅かな理性で抑える。

――よーしよしよし、落ち着けセレナ。

兄殺しの侯爵令嬢なんて、〝稀代の悪女〟と呼ばれても仕方がないわ。それにどうせお兄様の魔法に阻まれてしまうなら魔力の無駄だ。

「（……よし）」

ひとまず切り替えよう。兄に対する苛立ちをグレン様にぶつけるなんて最低だもの。

逆に考えるのだ。兄のフォローのお陰でグレン様が私に対して不愉快に思っているパターンはないし、私の手紙も照れ隠しだと思われている可能性が高いのだ、と。逆境を有効に使えずにして何が貴族令嬢だ。私のすべきことは獄中死を回避し、グレン様を幸せにすること！

そこを違えてはいけないし、達成のためには私の下らないプライドなど必要ないのだ。

「私、準備して参りますわ！」

「そうしろそうしろ」

ここしばらくはぼんやりしていて使い物にならなかった私だが、ちゃんと花祭りの計画は練ってある。なので余計な心配は無用。今日の目的はグレン様と一緒に花祭りを楽しむことだ！

そう自分の感情に区切りをつけると、私は早速最後の準備に取り掛かった。


「――様、お嬢様……セレナお嬢様！」

「あっ、ごめんなさい！　こっちよ！」

中庭でいそいそと準備をする中、私はノーラの三度目の呼び声でようやく顔を上げた。

アーシェンハイド邸には貴族の家らしく見事な庭園が備わっている。日々腕の良い庭師が管理をしているため、どの季節でも美しい花々を楽しめる上に、希望さえ出せば花壇などのスペースも使えるようにしてくれる。そのためお兄様は中庭の東側に薬草園を、私はその少し先にガラス張りの温室を持っている。貴族のプライドなのかなんなのかやけに広い庭園のため、今回はノーラの声に気づくのが遅れたのだった。

「こちらにいらっしゃったのですね」

私の姿を見つけたノーラは迷うことなく歩み寄ってきた。

「ええ、ごめんなさいノーラ。何かあったかしら？」

「謝罪など、滅相もないことでございます。グレン・ブライアント様の馬車が正門に到着された

そうですのでそのご報告に」

「あら？　早いわね」

温室の振り子時計を見上げると、やはり聞いていた時間よりも三十分ほど早いことが分かる。道がすいていたのかな？

「応接間にご案内する予定ですが、いかがなさいますか？」

「すぐ向かうわ」

「かしこまりました」

私はいくつか摘み取っていた薔薇の中から一輪抜き取り、その茎に手近にあったリボンを結んだ。その様子をノーラが不思議そうに見つめているのに気がついて私は微笑んだ。

「――私特製の魔法具なの。きっとびっくりするわ」

「それは楽しみにございますね」

私特製というか逆行前の十八歳の私特製というか……？　とにかく今の世界には絶対にない技術だ。どうせ未来の私が作るのだから今作ろうが六年後に作ろうが大差ないはず。それに利権者は私なので良心も痛まない！

ノーラに導かれ応接間に入室するものの、グレン様の姿はない。確かに正門から応接間に行くには馬繋場とエントランスホールを経由しなくてはいけないから、中庭から応接間に移動する方が早くなるのは当然か。

私はソファーの一角に腰を下ろした。

――ううう、緊張する。

この一月の間、誠心誠意準備に努めてきた。喜んで貰えるかどうかは分からないけれど精一杯やった。そわそわと落ち着かない様子の私を、「お嬢様？」とノーラが諫める。

「だ、だって、初めてのデートですのよ⁉」

グレン様は違うかもしれないが、逆行前、ことごとく何かと理由をつけて避けられてきた私にとって今日は初めてのデートと言っても過言ではない。

……いや、何回かあったか？　まあでも思い出さなければ実質初回だよね、逆行前の話だし！

そんな私を元気づけるようにメルが口を開いた。

「大丈夫ですよ、あんなに準備も頑張っていらしたではないですか！　ね、ノーラさん！」

「そうですね――今日お嬢様が心配しなくてはならないことは一つ。もめ事に巻き込まれないようにすることです」

ノーラがメルに同調するかのように頷いたので、応援してくれているのかと思ったらまさかのお小言だった。いつものやりとりにだんだんそわそわと落ち着かなかった気分が穏やかになっていく。私がくすりと笑みを零したちょうどその時、執事が応接間の扉をノックした。

「失礼します。ブライアント様をお連れいたしました」

「失礼します。おはようございます、セレナ。清々しい朝ですね」

扉を開いた執事の後ろから現れたのは、お待ちかねのあの人、グレン様だった。その見惚れてしまうような穏やかな笑顔を見るとまた顔と口の中が熱くなるが、私は侯爵令嬢スマイルでそれ

を誤魔化す。

「おはようございます、グレン様。きっと豊穣の女神が今日という日を祝福して下さっているのでしょう」

まずは心を落ち着かせるためにもカーテシー。

カーテシーをしたことで〝偶然〟顔に髪がかかって、〝偶然〟その顔色が読み取れなくなっても仕方がないのだ……！　偶然って素敵な言葉だなぁ。

顔を上げた先に佇んでいた、今日のグレン様はいつもとひと味違う。

今までは騎士団の制服姿ばかり見てきたが、今日はお忍び散策と言うことで、平民の富裕層に扮した私服を着ていらっしゃるのだ！

貴族だし浮いてしまうかも？　と言う私の懸念は秒速で消し去られた。

似合う、超似合っている。騎士団の制服姿と交互に毎日みたい。美形は何を着ても似合うと言うことが証明されてしまった。当然私も平民のワンピースを纏っているが、グレン様ギャップとは比べものにならない。出来るのならば、ずっと眺めていたいところだがそういうわけにもいかないので私はもう一度口を開く。

「この良き日の贈り物として、私からグレン様にこれを」

私は先ほど摘んできた一輪の薔薇を差し出す。

グレン様が手に取ろうとしたタイミングで、リボン型の魔法具を起動させた。

魔法具は一瞬光を孕んだかと思うと、ぽんっと軽やかな音を立てて煙となった。——魔法具の

煙が晴れ、次の瞬間私の手の中にあったのは一輪の薔薇ではなく、薔薇を象《かたど》った飴細工だった。

「私に今日一日、グレン様の時間を下さいませんか？」

「――ふふ、喜んで」

恐る恐る見上げたグレン様は口元に手を添えながらも酷く愉しそうな表情を浮かべていた。

――これは成功だった、ということでいいんだよね⁉


〝花祭り〟――それはこの国に古くから伝わる神話に登場する、豊穣の女神アルミラの伝承に基づいた豊穣祭の別称である。ヴィレーリアの国花ダリアが同じ時期に見頃を迎えるためその名称がついたとされており、毎年多くの人がこの日を祝う。町人は家や店を花で飾り屋台を出し、農民は収穫した作物の一部を教会に納めた後に祝宴、そして貴族はお忍びで庶民の暮らす城下町に降りるのが慣例だ。

基本は屋敷内、行けても貴族街か領内で過ごす貴族令嬢にとって、城下町という新しい場所を散策することが出来るこの花祭りは一大イベントだ。貴族街と比べて城下町は治安が良いとは言えないが、当日は多くの騎士が巡回しているし、大通りだったら危険も少ない。私達もその例に漏れず城下町を散策する予定だ。

「先ほどの魔法具の原理はどうなっているのですか？」

アーシェンハイド邸から城下町までの移動中、馬車内でグレン様がそう訊ねた。

「本物の花と、事前に用意していたその飴を、魔法具を起点に入れ替えたのです。手品みたいで

面白いでしょう？」

凄く大雑把に説明すると、入れ替えたい二つのものを用意してそれぞれに魔法具のリボンを結び、片方に魔力を入れて魔法具を起動させると、もう片方のリボンで結んである物と入れ替えることが出来る――という物。

これだけ聞くと物凄い万能魔法具に聞こえるが、重量は花一輪が限界で本一冊も運べないし、魔力は効果の割にはごっそり持って行かれるので使い勝手が悪い。あと使い捨てのため多用も出来ないし、開発工程も面倒臭い。

ちなみにこれは、王太子に塩対応されてやさぐれていた時期にお兄様を巻き込んで作ったものだ。王太子に見せたら「使い勝手が悪いし実戦向きじゃない」とディスられたことも記憶に新しい。本当にあの王太子最低だわ。実戦って何に使う気だったんだよ、爆弾でも入れ替えるつもりだったのかしら？

設計図はお兄様に横流ししたので大いに役立ててくれることだろう。

指をくわえて見ていなさい、王太子め！

そうこうしているうちに私達を乗せた馬車は城下町へと入っていった。


「らっしゃーい！　桃に林檎、今朝収穫したばかりの新鮮な果物だよ！」

「さあさあそこのお兄さん、思い出づくりに花飾りはどうだい！」

澄み切った快晴の下、城下町は気を抜けばはぐれてしまいそうな程の賑わいに満ちていた。

建物や表通りに出された屋台は花や飾りで彩られ、多くの人が行き来している。人々は屋台から顔を出し威勢良く声を掛け合う。

そうそう、これこれ！　この感じ懐かしい！

騒がしいのは苦手という令嬢もいるが、私は祭りには祭られとけタイプの令嬢なので凄く胸が躍って仕方がない。農耕の盛んなヴィレーリアにとって、実りの季節と豊穣を祝うこの祭りは重要な日だ。故に他の祭りと比べて、国民の気合いの入りようが段違いなのである。

「(――果実飴に、屑宝石の革紐に、爪紅も！)」

記憶を遡り、お気に入りの商品を思い出す。必ず手に入れて帰らねば……！

気合いを入れて拳を作ると、不意に後ろから衝撃が走った。

「――おっと、ごめんよお嬢ちゃん」

どうやら後ろから歩いてきた中年紳士とぶつかってしまったらしい。一度ぶつかっただけでもグレン様と随分距離が離れてしまった。慌てて戻ろうと一歩を踏み出すものの、私の体はあれよあれよと言う間に人の流れに押されていく。

――やばい、はぐれる！　この歳で二度目の迷子とか本当に笑えないわ……！

あわや二度目の迷子かというところでグレン様の手を掴み、九死に一生を得た。

あ、あぶない……！

「よろしければ、手を繋ぎましょうか」

「お願いしますわ……！」

まさか逆行した弊害がこんな所に出るなんて露ほどにも思わなかった。

グレン様と手を繋ぎ屋台を見て回っている途中で、私は見覚えのある屋台を見つけ足を止めた。店頭に立つ中年女性を見て、確信する。

——うん、たぶん目的のお店はここだ！

グレン様に目配せすると僅かに頷いてそちらに進路を変えてくれる。よく通る声で客引きをするおばさまに私は話しかけた。

「あの、おばさま。この花飾りとお茶と……あと、爪紅を下さい」

「あいよ！　全部で銅貨二十六枚さ！」

あらかじめ崩しておいた銅貨を取り出し手渡す。

今日はお父様から軍資金——お小遣いを貰っているのだ！　一応貴族のお小遣いなので、平民の暮らす城下町で遊ぶには半額でも有り余るほどの額だったりする。流石に全額を持ち歩くのは恐ろしかったので半分ほど持ってきているが、私の懐は十分ほかほかだ。

私の頼んだ商品を隣に立っていた少年が紙袋に包んで手渡してくれる。「またきてね！」と満面の笑みで手を振られその屋台を後にすると、この一連のやりとりを静かに見ていたグレン様が驚いたように口を開いた。

「随分と手慣れていらっしゃるのですね」

「そうでしょうか？」

貴族令嬢は――というよりは貴族の子供は基本金銭のやりとりなどしないから、言われてみれば確かにそうかもしれない。あんまり気にしたことはなかったけれど……。

グレン様は「お持ちいたします」と声をかけてくれたけれど、流石にそこまで甘えられないので丁重にお断りした。どうせ大した重さじゃないしね！

「グレン様は花祭りに来たことがありますか？」

「領内の祭りは何度か経験がありますが、王都の花祭りに参加したのは初めてですね。いつもは警備に駆り出されていましたので」

なるほど、じゃあ私も頑張って案内せねば……！　そう思うと俄然やる気が出てきた。

人の流れに沿って歩いていると、不意にグレン様の視線がとある店に向いた。グレン様の視線を辿ると、そこは魔法具などを扱う小さなお店だった。表通りから見える限り、店内には所狭しと古ぼけた魔法具や屑魔法石を集めた瓶、乾燥させた調合用の薬草やポーションが並べられている。一見するとおどろおどろしい雰囲気だが、日の差し方のせいか不思議と落ち着いた雰囲気を醸し出していた。そんな店ではあるが、怪しいところはほとんどない。何か気になる物でもあったのだろうかと首をひねる。

「グレン様？」

私が呼びかけるとグレン様ははっとした表情で振り返る。そうして少し躊躇った後、少しだけ声を潜めて語った。

「学生時代の旧友の実家なのです。事情がありまして、彼は騎士にはならず商人になったのです

が……少し、寄ってもよろしいですか？」

「もちろん！」

なんという偶然だろうか。そういう縁は大事にした方が良いと思う。それに、グレン様の旧友――見てみたい！　店内にいるかどうかは分からないけども。

店内に足を踏み入れるとちょうど休憩をしていたらしき店番の青年が目を大きく見開いた。驚きのあまり手に持っていたパンを落としかけ、すんでの所で再びキャッチする。

「グレン！　久しぶりだな！　……っと、そちらのお嬢さんは？」

「デレク、久しぶりですね。元気そうで何よりです。彼女は私の婚約者です」

感動の再会と言わんばかりに、デレクと呼ばれた青年がカウンター席から飛び出してくる。

「セレナ・アーシェンハイドと申します、ご機嫌ようデレク様」

「本物のお嬢様じゃないか。凄いな、グレン！　……でも、花祭り当日にこんなしけた店に連れてくるのはよくねぇな！　どうせ連れて行くなら時計塔とか、花の鐘の丘にすれば良いのに」

時計塔や花の鐘の丘は王都内屈指のデートスポットだ。この辺りからでも歩いて行ける距離にあったはず。

――うん、それじゃあ挨拶もすませたことだし、とりあえず邪魔者は隅の方に居ようかな。

「いえいえ、とても落ち着いていて素敵なお店ですもの。店内を見て回ってもよろしいですか？」

「そりゃ、勿論！　グレンの婚約者様なら商品もお安くしますよ！」

随分とフレンドリーな商人だ。人の良さを利用されて大損をしないか心配になるレベルである。他にも店員はいるようだし、多分大丈夫だとは思うけれども……！

私は二人に一礼した後、隅の方へと移動した。

棚には至る所に魔法具が置いてある。見たことがある定番の物から、用途がさっぱり分からない物まで目白押しだ。値札の隅に書いてあるのは制作者の名前のようで、観察しているうちに制作者ごとにまとめて陳列されていることが分かる。

「（……あ、これとかお兄様へのお土産にいいんじゃないかな）」

物珍しさにじっと見つめていると、視界の隅に、ガラガラだった店内に誰かが入ってくる姿が映る。ふっと顔を上げると、そこに立っていたのは目深《まぶか》にフードを被った二十代くらいの男性だった。背丈はグレン様よりも僅かに低いくらいの長身で、黒いローブのフードの下から金色の髪と翡翠の瞳がのぞいている。そして何よりも目をひくのは彼の抱えている植木鉢だ。何の変哲もない普通の植木鉢には、枯れかけた苗木が植えられている。葉を散らし今にも枯れてしまいそうな苗木は、不思議なことに魔力をその身に秘めていた。

——な、何あれ……魔法具に植えられているのだから、魔木の一種だろうか？　でも、魔木にしては魔力量が少ないような……。

私の視線には目もくれず、男は奥で店番をしていたもう一人の女性と言葉を交わす。

——何を話しているのだろう……？　凄く気になる……。

盗み聞きは悪いと分かりつつも、ついつい気になって私は聞き耳を立てた。

「――花系ポーションを売るのは全然構わないのだけれど、効果がなかったんだろ？　その魔木だってこの間来たときよりも枯れているし……」

「……ああ。でも、本来ならば既に枯れてしまっているはずが、まだ生き残っているという状態なんだ。全く効果がなかったわけでもないから、とりあえずこのまま続けることにするよ」

なるほど、あのお兄さんは枯れかけた魔木にポーションを注いで延命措置をしているらしい。

実際それは悪くない手だし、適切な療法だと思う。けれどあれほど枯れてしまった魔木に、市販のポーションで延命措置をしたところでたかが知れている。このまま行けばあの木も、もって数ヶ月と言ったところだろう。

チラッとグレン様の方を見ると、まだ楽しく歓談中のようだし――うん、これも何かの縁だ。ちょっとだけお兄さんに手を貸してあげよう。

「あの、お兄さん。その魔木でお困りの様子ですけれども、もしかしたら何か力になれるかもしれませんわ」

突然声をかけてきた私を、お兄さんは訝しげに見つめ返した。

「……君は？」

「通りすがりの魔導師……の、見習いですわ。それよりも、雷系ポーションは試しましたか？」

実際、学院の卒業に必要な単位は取得済みなので一般的に言えば既に一人前の魔導師なのだけれども、それは逆行前の私の話なのでとりあえず見習いとして名乗っておく。

雷系魔法が攻撃に極振りしている魔法というのは有名な話だ。様々な属性の中で回復魔法を持

たない属性の一つで、身体強化などをはじめとした魔法も雷系を専攻していない純人にはかなりの負荷がかかり使い勝手が悪い。そんな攻撃しか能がない雷系魔法だが、実は植物などの育成に効果があるとされている。雷魔法を使うとうっかり焼け野原にしてしまう可能性があるので効力を薄めたポーションを使う――というわけ。魔導師界隈ではよく知られているが、民衆にはあまり広まっていない豆知識だ。

私の言葉にお兄さんは思案顔になる。

……原理は確かに習ったけれど、説明するのは面倒だな。出来ればこのまま納得してくれるとありがたいのだけれど……！

私の祈りが通じたのか、お兄さんは一度納得したように頷いた。

「なるほど、雷系ポーション……それも一理ある。この店に雷系ポーションは置いてあるか？」

「え？　ああ、すぐ持ってくるよ。ちょっと待ってな」

女性が店の裏に入り、そう時間をおかずに硝子瓶に詰められたポーションを持って戻ってくる。

「女店主、お代は？」

お兄さんが懐から巾着袋を取り出そうとしたところで、女性はそれを制した。

「……いや、良いよ。どうせ雷系ポーションなんて店に置いておいても売れないから廃棄するつもりだったんだ。それよりも早く見せておくれよ」

お兄さんはしぶしぶ懐に巾着袋をしまいなおした。親指で瓶の蓋を押し開けるとなめらかな琥珀色の液体が煌めく。丁寧な手つきでそれを苗木の根元へと注ぎかけると、ポーションは淡い光

を孕んで消えた。
数秒経って、枝先についていた茶色味をおびた葉が徐々に若々しい緑を取り戻していく。その
まま枝がぐんぐん伸びて店の天井を突き破る――なんて事はなく、変化はそこで終わった。
うわ、あんなに自信満々に提案したのにここで終わるの⁉　変化はしたけどめっちゃ地味！
恥ずかしすぎる……！
そんな私の思いとは裏腹に、お兄さんは目を輝かせたかと思うと、いきなり私の手を取った。
「凄い、君のお陰で助かったよ！　まさかあんな状態だった魔木がここまで回復するだなんて
……！」
いやいや、大げさ！　大げさですって！
あんなちょびっと変化しただけでこんなに感動されるなんて恥ずかしすぎる。穴があったら入
りたい……！
――いや、待てよ？　これはまさか「この程度か、期待させるなよ」という遠回しなメッセー
ジなのか……⁉
ひとまずこの場を離れたい。どっちの意味でも居た堪れなさすぎる。そんな思いを込めて私は
口早に言った。
「残念ですわ、あまり変化はなかったですね、申し訳ないです！　お代はカウンターに置いてお
きますね！　……それじゃあ私はここで失礼しますわ！」
「え、はっ⁉　いや、お礼を――」

「ちょっとしたお節介ですわ、気にしないで下さいまし！　お代はテーブルに置いておきますわね！　……グレン様、いきましょう。私、花の鐘の丘には行ったことがありませんの！」

ちょうど昔話に話に一区切りついたらしいグレン様の手を取り、私は振り返ることもなく走り出す。

いや、もうあの場所に居たくない！

迂闊な行動はこれから控えることにしよう、と全力疾走をしながら固く誓った。


グレン様は、慌てて走り出した私に深く追求することもなくその上「何か間食でも買いましょうか、おなかが空いているでしょう？」とフォローまでしてくれた。

流石はグレン様！　次期辺境伯！　身も心も立ち振る舞いも、立派な騎士で素敵な紳士だ！

「あの店はどうでしょうか？」

グレン様が手で示したのは、まるでログハウスの様な雰囲気の甘味処だった。店の入り口に垂れ下がっている赤地に白の水玉の布などをはじめとした可愛らしい装飾が少女心をくすぐる。

私が可愛らしさに口元を緩めると、グレン様は重ねて言い募った。

「デレクが勧めてくれた店なのですが、何でも店主夫婦が喧嘩した日だけに売られる焼き菓子というのがあるのだとか」

「へぇ、ユーモアたっぷりですのね」

窓ガラス越しに店内を覗き込むと、店の中心に置かれた丸いテーブルの上に大量の焼き菓子が置かれていた。酷く目をひくカラフルなポップには豪胆な美しい文字で〝喧嘩しました〟と綴られている。な、なんてタイムリーなの……。

「……仲直り、出来ているといいですね」

「……ええ」

せっかくなのでこれをお兄様のお土産として買って帰ることにした。

中々インパクトのある商品だが、一つ味見をさせてもらったところ、味は悪くない――というかとっても美味しい！　紅茶によく合いそう！　ということが分かった。きっとお兄様も気に入ることだろう。

花の鐘の丘に至るまでの道は緩やかな上り坂であり、見渡す限りの花畑が広がっている。ここは王家の直轄地で、ここに植わっているのもただの花ではなくポーション作りなどに役立つ薬草なのだが、毎年そうとは思えないほど可愛らしい花を咲かせる。これらの薬草は花祭りが終われば収穫され、国内外問わず至る所に出荷されるのだ。

花の鐘の丘は、花祭りでおなじみの豊穣の女神アルミラの婚礼の際に姉妹神ハルミアが祝福の音楽を贈った場所と言われている。今ではその祝福の音楽は鐘に置き換わり、恋人や夫婦で共に鳴らすことでハルミアからの祝福をいただく事が出来る、というデートスポットとなっている。

普段は人通りが多く、時には行列も出来る様な場所ではあるが、今日は皆花祭りのために街に繰り出ているのか人影は少ない。

花畑――もとい薬草園を抜けた先には小高い丘と小さな教会がある。教会の右手には城下を一望できる丘に、私達の目的の〝花の鐘〟がぽつんとあるだけだ。

「――手は届きますか？」

くすっ、とちょっぴり意地の悪い笑みを浮かべてグレン様はそう言う。

「もう、揶揄わないで下さいませ！　ちゃんと届きますわ！」

確かに私は年の割には小さいのだけれど、これは個人差だから！　十八の時には平均よりも上回っていたから！　伸びしろしかないから！

抗議の目で見上げれば、口元を隠しつつ心底楽しそうにグレン様は笑った。

鐘から吊り下げられた白い縄を二人で握る。

「――それでは、豊穣の女神アルミラとその姉妹神ハルミアの慈悲を願って」

「せーのっ！」

カラーン、カラーンと高く美しい鐘の音が人気のない丘陵に響き渡る。まるでその鐘の音に呼応するように柔らかな秋風がこの丘を越え、境界を越え、薬草園へと渡っていく。

広い丘陵に響き渡った鐘の音が聞こえなくなる頃、私はグレン様に話しかけようとして――すんでの所でそれをやめた。いや、やめざるを得なかったのだ。

「――ね、レオン！　さっきこっちから鐘の音がしたわ！」

「まって、ルーナ。そんなに走ったら……！」

老いた神父一人が寝泊まりをしているはずの教会の中から、二人の子供の声が響く。一つは少

年で、もう一つは少女のもの。呼ばれた名前はレオンとルーナ——レオンは確か、レオナルド王太子殿下の愛称だったなとぼんやりと思い出した。

「(何で二人がここに……！)」

驚きのあまり、体が硬直し背に嫌な汗をかく。

確かに、逆行前の今日、王太子に花祭りの誘いをドタキャンされた。公務が終わった後に街で遊んでいたと言うことも知っている。そして昔王太子とルーナが城下町で会ったことがあるという話も、どこかのタイミングで耳にしていた。

でもまさか、こんなところでバッティングするだなんて一体誰が予想しただろうか……！

最悪だ！　なんて日だ！

「(……ぜ、絶対会いたくない！)」

ルーナはどうだか知ったこっちゃないが、王太子は確実に私の顔を覚えている。あれだけ恥をかかせたのだ。あの男の性格上、私の顔を忘れるなんて事はないだろう。

でもまあ、王太子だけだったら見逃してくれる可能性だってある。むしろそっちの方が向こうにとっても都合が良いはず。

けれど、向こうには間違いなく少女の皮を被った悪魔——ルーナ・ディアがいる。

そして私の知るルーナ・ディアがこの状況を見て発言するであろう内容は一つ。

『わあ、偶然ですね！　……あ、もし良かったらダブルデートしませんか？　きっとその方が楽しいですよ。ね、レオン！』

――間違いなくこれだ。

誰がクソ野郎とクソ女の最悪カップルとデートなんてするか……！　私は帰らせて貰う！

そこで一つ問題が発覚する。

この状況、どうすればグレン様に伝わるだろうか……？　と。

いっそ素直に話してみる？　前回王太子と義妹に冤罪をかけられた恨みがあって出来るだけ会いたくないので逃げましょう！　って……？

いやいや、それはないな。というよりもそんなことを話している余裕なんてない！

あーでもないこーでもないと脳をフル回転させているうちに、二人の話し声がだんだんと近くなり、遂に教会の扉が僅かに動く。もうあれこれ考えている時間もない。

――ええい、ままよ！

「グレン様！　ごめんなさい！」

私は一言そう断ると、グレン様の服を引っ張って茂みに転がり込んだ。思いっきり引っ張ったので多少の衝撃は覚悟の上だったが、そこはグレン様も戦闘のプロ。咄嗟に私の体を抱き込んだまま受け身を取ってくれたらしく、思っていたほどの衝撃は感じられなかった。

木の幹を背に動きを止めたグレン様が言葉を零す前に、私は先手を打って口を塞ぐ。ぷに、と柔らかい感触がレースの手袋越しに伝わった。

うん！　色々聞きたい気持ちも分かるし、私も色々説明したいけれどもそれは後でお願いします！

「――あら？　人が居ないわ」

「ほら、やっぱり気のせいだったんだよ。……それよりも、もうすぐ日が落ちるし君も家に帰った方が良い。街まで送るよ」

茂みの僅かな隙間から見覚えのある桃色の髪がチラチラとのぞく。多少強引だったけれど、やっぱり隠れて正解だったらしい。王太子は、不思議そうに首をひねるルーナの手を握る。

そういうイチャイチャは、今は良いから！　誰も期待してないって！　私のためにさっさと立ち去って！　どうせ街に帰るまでにいくらでも出来るでしょ！

二人がゆっくり教会の脇を抜け、その姿が見えなくなるまで不本意ながらも見送り、姿が見えなくなったところで、私はようやく、ふぅと息を吐いた。

あー……もう、精神的に死ぬかと思った。逆行してから一位二位を争うほどの脳の回転率だった。過労死しそうだわ。

「申し訳ないですわ、グレン様。人が来ると思って咄嗟に――」

そこで、私ははたと気がついた。

あれ、この状態って馬乗りじゃない……？

婚約済みとは言え、結婚はおろか私はまだ成人してなくて、清い交際を続けてきたけれど――

これは貴族令嬢としてはアウトなのでは？　と。

「ご、ごめんなさいっ！　私、グレン様にとんだ失礼を！」

思わず飛び退いた私はバランスを崩したところを何とか堪える。

ああなるほど、これが日頃の鍛錬の成果か……じゃなくて！

膝の上に乗せられるとかお姫様抱っこだとかはまだ良い――けれども馬乗りはアウト！　純粋な十二歳でもアウトなのに、精神年齢十八歳の私がやったらもっと許されざる愚行だ……！

何て言葉をかけるのが正解だろう。

グレン様が「ああ、いえ……その」と口元を手で覆いながらしどろもどろになっているのを良いことに、思わず私は考え込んでしまう。

シラを切る？　土下座して謝る？　それとも、いっそ〝稀代の悪女〟らしく「この程度で照れてしまうなんて――純情な御方ね」なんて不敵に微笑んでみる⁉

ダメだ、考えれば考えるほどろくな案が思いつかない。

――そして、ようやく私の口から零れた言葉は、よりにもよってこれだった。

「忘れて下さいませ！」

うん……いや、流石にそれは無理があるだろ！

そんなこんなで悪い意味ではなく、良い意味で……良い意味で？　ギクシャクしながら私達は帰路についた。

第八章　逆行悪役令嬢は企む

――花祭りから数ヶ月が過ぎた。

花祭り以後のグレン様の様子を少しだけお話しする。花祭りから帰宅後、三日ほど時間をあけて再び会ったときには、既にグレン様はけろっとしていらっしゃった。照れもしない、まさに通常運転だった。いいな、これが大人の余裕か……。私も欲しいなその余裕。

花祭りが終わるとその後は冬の神にちなんだ祭事が一つあるだけで特に大きなイベント事もなく、お母様と鍛錬するばかりの毎日が続いた。ヴィレーリアの貴族の慣習上冬は領地に戻るのでグレン様はおろか、友人達にも会えず――時間は飛ぶように過ぎ去っていった。

今朝は今年最後と思われる粉雪が舞っていた。アーシェンハイド侯爵領の屋敷の自室から見える木々は、はち切れんばかりにその蕾を膨らませ、早いものでは既に花を咲かせている。

――厳しい冬を越え、春がやってくる。そんな喜びに似た雰囲気の漂う中、私を取り巻く鍛錬場の空気は冬の厚雲にも負けず劣らずの重苦しさだった。

「……むりだぁ」

「……そうねぇ、もう少し頑張らないと」

私の嘆きを聞き、お母様は眉間を指で押しながら苦々しそうにそう呟いた。

王太子とルーナの魔の手から逃れようと鍛練を始めて半年。一向に戦闘の才能が伸びない。いや、普通の人よりも成長はしているし、手を抜いているわけではないのだけれど、再来年――附属入学試験日までに合格ラインにまで辿り着けるかどうかは微妙だ。五分五分……いや、それ以下かもしれない。

「(……少し考え方を変えてみようかしら)」

地面に這いつくばりながら私は思案してみる。今のままお母様に鍛練をして貰っても、正直実技で目覚ましい成績を残せるかどうかと言われればそれは否だ。そもそも合格できるかすら怪しい。

――だが、それは今のまま進んだら、という話だ。

附属の入学試験は実技と筆記だ。配点は実技六十点筆記四十点で、毎年のだいたいの合格ラインは五十五点前後だと聞く。つまり実技五十五点でも、実技十五点かつ筆記四十点でも合格はする。

私が附属に入学する方法は一つ――筆記に極振りすること！

そうと決まれば行動あるのみ。お母様に頼み込んで過去問を大量に貰った。毎年内容はちょっとずつ違うので、希望すればいくらでも貰えるそう。今から本腰を入れて頑張らなくては……！

しかし、私のやらなければならないことはそれだけではない。

「(ディア子爵夫妻を救出すること……ねぇ？)」

ルーナの両親、ディア子爵夫妻は今から約一年後――私が十四の時に馬車の事故で命を落とす。

原因は馬車の整備不足だったらしい。公爵家や侯爵家など高位貴族ならまだしも、下位貴族は馬車を何台も持っているわけではないし、そうそう買い換えることもない。要は油断による不慮の事故と言うことだ。正直これは、ハードルが高い。

例えば魔法具や薬品ならば両親にねだることも出来るが、十二歳の子供が馬車をねだる……？それは流石に無理がある。かといって「ちゃんと馬車は整備していますか？」なんて聞けないし……本当に困ったものだ。

あれこれ考えながら廊下を歩いていると、前方にお兄様付きの執事――マルトーの姿が見えた。その左手には軽めの食事とおやつを銀の盆に載せている。お兄様が先ほどの昼食時に「一段落してから行く」と伝言を残して欠席していたので、恐らくマルトーはこれからお兄様の部屋へと向かうのだろう。

……うん、一人で考えても行き詰まるだけだし、この際お兄様に相談するのもありかもしれない。

「ご機嫌よう、マルトー。それはお兄様のお食事かしら？」

「セレナお嬢様……！　はい、作業をしながら昼食を取りたいとのことでしたので軽食の準備をするように、と」

「あら……お忙しいのかしら。お部屋にお邪魔しようと思っていたのだけれど」

忙しいなら後にしようかな……？　仕事を邪魔するのはいくら兄妹といえどもいただけない。

そんな風に予定を改めようかと思ったところ、マルトーは苦笑いを浮かべた。

「セベク様は明け方から今まで僅かな休息も取られず作業を続けていらっしゃいまして、ハウスキーパーとも休息を取って欲しいと話しておりました。おそれながら、セレナお嬢様がお部屋にいらっしゃったならば、セベク様もきっと少しは休んでいただけるかと思う次第にございます」

「そう……！　ではお兄様に取り次ぎをお願いしてもいいかしら」

「かしこまりました」

お兄様の部屋に到着すると、先にマルトーが扉の奥に姿を消す。マルトーが取り次いでくれたお陰ですんなりと入室の許可がおり、私はようやく中に入ることが出来た。

「失礼いたします、お兄様。お邪魔して申し訳ありませんわ」

私が入室し、扉の前でカーテシーをすると、お兄様はようやく手元の書類から顔を上げた。距離があるためはっきりとは見えないが、目元に隈が出来ているように見える。確かにこれは……使用人のみんながどうか休息をと願うのも頷ける。

「いや……そろそろ休息を取れとリアン達にも言われていたからな。散らかっていて悪いが、その辺に座ってくれ」

お兄様に促されるまま、私は書籍が山積みになったローテーブルの向かい側に腰を下ろした。ちなみにリアンはお兄様の乳母であり、現在はメイドとして我が家に仕えてくれている。お兄様の面倒を見るようにお母様から指示されているので、お兄様に強く出られる数少ない使用人の一人だ。

散乱した紙を一枚手に取ると、そこには見覚えのある設計図と殴り書かれた文字が記されてい

る。どうやらお兄様はあのリボンの魔法具をいい感じに改良してくれているらしい。

――無理ってこれのことかな。仕事で忙しいなら何か労りを……なんて思ったけれど、まさか趣味と好奇心で無理しているの⁉

「お仕事ですか？」

「いや、ちょっと野暮用だ」

お兄様はそうごにょごにょと呟きながら視線を泳がせた。

うん、確定だ。間違いない。これはもう自業自得だわ……！

「……私、このままでは心配のあまり、うっかりお母様に相談してしまうかもしれませんわ」

暗に「告げ口するぞ？」と脅しをかけてみると、お兄様は顔色を変えてぶんぶんと首を横に振った。お兄様に今倒れられるのは困るからちょっと脅しただけのつもりだったけれど――もしかして、結構効果がある？

「だ、駄目だ！」

そうと分かれば、これを利用しない手はない。私は無意識に口元を歪ませた。

「では、その書類仕事を今すぐお止めになって。代わりに、私の相談に乗っていただきたいですわ。相談事なら、お兄様も少しは休めるでしょう？」

「あー……はいはい、兄思いの優しい妹のために仕事の手を止めるよ」

お兄様はしぶしぶといった様子で、机の上に書類を投げ出した。

仕事じゃなくて趣味だろ――という野暮なツッコミは入れないことにする。

「それでは単刀直入に申し上げますわ。ディア子爵に馬車を贈りたいのですけれど、どうしたらいいかしら」

「……え、何故だ？」

いやまあそうですよね！

私は必死に言い訳を考えていた。……やっぱり、一貴族令嬢が馬車を贈るってどんな展開だよ⁉　流石の私もこれは経験のないパターンなので上手い言い訳が思いつかない。なので、事実をオブラートに包んで伝えることにしてみた。

「……壊れそうだったから……？」

「まあ、お前にも何か考えがあるのだろうな。さっぱり理解は出来ないが」

苦し紛れの言い訳に、お兄様は何かを感じ取ったのか一応は納得してくれたらしい。なんだか婉曲に受け取られてしまったけれど。最近お兄様が私に向ける視線が、珍獣を見つめるようなものである事には気がつきたくなかった。

いや、私も今回ばかりは変なことを言っている自覚がありますけどね、はい……。

「じゃあ、春の感謝祭を利用すればいいのでは？」

春の感謝祭は、冬の間長い眠りについていた花の女神ハルミア――豊穣の神の姉妹神が、眠っている間に彼女を守護していた眷属達に感謝を込めて贈り物をしたという神話に基づく行事だ。家族や親戚で集まり、それぞれ贈り物を贈り合う。地域にもよるが、我が家では全ての贈り物を集めてそれぞれに番号を振りメイド達でくじを引いて配るというのが慣例になっている。当然、

親戚であるディア子爵一家も参加する。

「でも、春の感謝祭の贈り物は成人になってからするのが普通ですわ。それにあれはくじ引きですし……」

「私名義で出せばいい。もちろん、去年かかった費用と同額の金はカンパしよう。我が家で用意するくじだからな、いくらでも工作が出来る——まさか、そんな汚いことは出来ませんわ！　なんて言わないよな？」

うーん、それならばギリいけるかもしれない……？

大抵贈り物は工芸品だとか宝飾品だとかがメジャーだけれども、変わり者と名高いお兄様なら馬車を用意しても特段疑われるようなことはないだろう。まあ失敗しても恥をかくのはお兄様だし、あまり気にしなくて良いか。良くはないけど。

とりあえず馬車を渡す手筈は調った。次は金策だ。私は散財するタイプでもないのでお小遣いは着々と貯まってきているが、なんせ購入するのは馬車である。しかも貴族用の！

オーダーメイドではなく既製品を買うつもりではあるけど、大きな買い物となるのは間違いない。果たして手持ちだけで足りるだろうか。

うーむ、と唸り声を上げながら悩んでいる間に、お兄様はローテーブルの上に散乱した紙を一纏めにし、紅茶を淹れてくれた。ほかほかと暖かい湯気を感じると緊張がほぐれていく。

……やっぱり私が稼げることといったらあの魔法具くらいだよなぁ。でも大量生産して販売するのは現実的ではないし。

私が淹れられた紅茶を一口啜っている間に、お兄様がそれらの書類を片付けようとして――私は待ったをかけた。

「……お兄様さえよろしければ、その設計図を王宮魔導師団に〝お渡し〟したいのですけれど」

〝お渡し〟とは名ばかりで、要は設計図を売るということである。割とよくある話なのでやってみないと分からないが問題なく出来るだろう。

一度渡したものを返せと言うのは非常に心苦しいが、王宮魔導師団に設計図が渡れば、お兄様は仕事と称して堂々とこの研究に没頭できるようになるので悪い話ではないはず。……なんだけれども、どうかな？　ちょっと無理があるだろうか。

しかしお兄様も私の発言の意図を正確に読み取って、ニヤリと不敵に笑った。

「……なるほど？　まあお前のものだしな、お前が好きにすれば良い。……ああそうだ、良ければ私が交渉しようか？」

「よろしいのですか？」

仮にもお兄様の職場だよね？　いいのかな、それで。

批判めいた視線を向けてみるが、そんなことは気にもせずにお兄様はちょっぴり黒い笑顔を浮かべた。

「安心しろ、しっかり搾り取ってくるから。……だから、母上には告げ口するなよ」

「……最大限の努力はいたしますわ」

兄の最大の懸念事項はそれらしい。

このノリだと研究が始まって徹夜してお母様にバレるルートが容易に想像できるから、今告げ口しなくても……と思わなくもない。けれどお兄様のこの積極性を今は削ぎたくないので、私は沈黙を決め込んだ。

「それでは、私はこれで失礼いたしますわ」

今日の午後からは春の感謝祭に向けてドレスを一着作ろうという話が出ていたので、その採寸に向かわなくてはいけない。

まあ春の感謝祭も一族の集まりに過ぎないのでグレン様もルイーズ達も来られない。なので、あまり張り切ったものではなく普通のドレスで良いよねと思ったり思わなかったり。

席を立ち退出しようとした私をお兄様は、拳を作りながら「ああ、期待していてくれ」と見送った。

＊＊＊

春の感謝祭は基本的に一族の起源となった本家——我が家ならばアーシェンハイド邸に集まる。花の感謝祭が終わるとあまり時間をあけずに新年一発目の王宮の舞踏会が開かれるため貴族街の屋敷で執り行われる場合が多い。冬の間、主人達が屋敷を留守にしている頃に春の感謝祭に向けて大掃除を行う。そうして飾り付けられた家に帰ってきたのは春の感謝祭の三日前であった。

あらかじめ招待状は送ってあるし、その他準備も前々からすませてあるので特段やることはな

い。……が、そわそわと落ち着かない日々が続いた。

——だって、今日の動き次第でルーナが義妹になるか否かが決まるんだよ⁉　ディア子爵夫妻の生死が関わってくると言うのもあるけど！

……でもまあ失敗したらその時はその時だよね。ショックを受けている暇があるならば、次の対策を考えた方がずっと有意義に時間を使える。逆行した以上、割り切って生きていくしかないのだ。

そうして迎えた春の感謝祭では、裏工作をお願いしたリアンの活躍で無事に馬車はディア子爵の元へと渡っていった。思った以上に設計図が高く売れたので中々質の良い馬車を購入することが出来た。ぜひ一年後まで持つように大切に使って生き延びて貰いたい。

感謝祭の最中に何度かルーナの姿を見かけたが、最初の挨拶以降は特に接触もなく終わった。

——ということで、現在。

なんとか感謝祭を終えることが出来たという安堵からか、それとも入浴で血行が良くなったからか、体がぽかぽかとして眠い。自室のソファーに座っていると、うつらうつらと舟を漕いでしまう始末だ。

子供達が各々家に帰った後も大人達の感謝祭は続く。窓を開けてじっと耳を澄ませば、どこからか楽しそうな声が響いてくる。成人をすればお酒を飲めるようになるのであの賑わいにも混ざれるが、悲しいかな今の私は未成年。もう少しの辛抱だ——と自分に言い聞かせていると、扉の奥からプレゼントを抱えたメルが入ってきた。

「失礼いたします、お嬢様。感謝祭のプレゼントが皆様から届きましたよ！」

そう言いながらメルは抱えていたプレゼントを一つずつ順にローテーブルに並べていった。

丁寧なラッピングにはそれぞれの家紋の刻印の封蠟が施されている。右から順に、ルイーズ、シェリー様、ソフィア、アルナ様、そしてヴォルク・アルテミス様ご一家だ。

——子供じみているとは重々自覚しているんだけれども、どうしてもこういうプレゼントを開封するときはドキドキしてしまう。

ゆっくりと包装紙を破らないように開封していく。そうして開封したプレゼントの中身は、ルイーズからは流行りの化粧品、シェリー様からは花や蝶を象った彫刻の美しい手鏡、ソフィアからは綺麗な宝石のあしらわれたペーパーナイフ付きのレターセット、アルナ様からは見事な花とアーシェンハイド家の紋の刺繡が施されたポーチ、そしてアルテミス一家からは美しい螺鈿《らでん》細工の櫛《くし》だった。

す、すごい……！　私の好みをしっかり押さえている……！

私もそれぞれ吟味に吟味を重ねてプレゼントを贈ったけれど、見劣りしないか心配になるラインナップだ。そこで私ははたと気がつく。

——あ、あれ？　グレン様のは……？

「あの、とっても聞きづらいのだけれどこれだけだったかしら……？」

「え？　——ああ、お嬢様。安心して下さい！」

だよね、だよね!?　主役は最後に登場するものだものね！

ああ、びっくりした。花祭りの一件で嫌われてしまったのかと――

「私達使用人からの分もちゃんとありますから！」

「違う、そっちじゃない！　……ですわ！」

悪意なくにっこり笑うメルに、私は勢いよくツッコミを入れた。

え、ないの⁉　やっぱりないのね⁉　どうしよう……嫌われる心当たりが多すぎる……。

とりあえず王太子とルーナの魔の手から逃れたとはいえ、今グレン様と不仲になるのは流石にいただけない。万が一婚約破棄なんて事態が起きたら――そんな最悪な状況なんて想像したくもない。私の現状を言語化すれば王家の縁談を断った変わり者で、なおかつ不仲が極まれば、そんな変わり者を引き取ってくれた変わり者と婚約破棄した令嬢に進化してしまう。そんな令嬢なんて正直言ってあまり価値がない。

じゃあどうなるのか……？

そんな令嬢に残されるのは二択。修道院送りか、老年貴族の後妻として有無を言わさず嫁がされるか。

まあ別に私は死ななきゃそれでいいかとも思うけど、出来るならば楽しく人生を送りたい。ついでにグレン様を騒動に巻き込んでしまった自覚はあるので責任を取らねばならない。

――とにもかくにも！　不仲は良くない！　顔面を蒼白にして慌てる私を見て、メルはもう堪えられないと言わんばかりに肩をふるわせて笑った。

「も、申し訳ありません！　セベク様にちょっと意地悪してくるように言われまして！」

お兄様め、謀ったな!?　憶えていなさい……！

嫌われたわけじゃなくてよかったとは思ったけれどもね、それとこれとは別の話だ……。

お兄様への復讐の決意を固くしたところで、メルは言葉を継ぐ。

「グレン様が応接間にいらっしゃいますが、向かわれますか？」

「――え、いらっしゃっているの!?」

感謝祭は基本家族や身内で過ごすので、こんな風に出向いて下さるのは異例中の異例。獣人の常識は分からないけれど、純人ならば貴族でも平民でもそんなものだ。

「はい、サプライズだそうです！」

「す、すぐいくわ！」

「では、何か羽織るものをご用意いたしますね」

大人たちに気付かれないよう、広間には近づかずぐるりと遠回りをして応接間へと向かう。

久しぶりに会えて嬉しいと思う反面、わざわざお越し頂いて申し訳ないという気持ちが胸の底に在る。

――でもせっかく来て下さったのだから、粗相のないようにしなくては……！

「緊張していらっしゃいますか？」

「……ちょっとだけ」

メルのその問いかけに私は苦笑いを浮かべた。

もちろん冬の間も定期的に手紙のやりとりはしていたけれど顔を合わせるのは実に数ヶ月ぶり。うん、やっぱり緊張……して当然だよね？

応接間に到着しても中々その扉に手をかけようとしない私を、メルは辛抱強く待ってくれている。もっとちゃんと心の準備をしてくれれば良かった……！

「よ、よし、いくわ……！」

「お嬢様、お顔が歴戦の戦士のようになっております！　笑顔大事！」

覚悟を決めて一つ頷くと、メルが扉を開けてくれる。そして扉の奥に見えたのは――

「……ひゃっ！　何事ですか⁉」

「ああ、すみません。警備員か誰か男手を呼んできていただけませんか？」

メルが驚きのあまり悲鳴を上げる。

それもそのはず、中に居たグレン様は我が家の使用人の服を纏った――しかし見覚えのない女を床に取り押さえていたのだから。

がっちりと取り押さえられた女の口からは、潰れた蛙《かえる》のようなあまりにも悲惨な声が零れ落ちる。そんな女に目もくれず、グレン様は困ったように眉を下げつつもにっこりと微笑んでいる。

――え、何？　何で……？

グレン様の発言や状況を鑑みるならば不審者を取り押さえたと考えるのが妥当だろう。普段の私ならきっとそう判断していた。

しかしその時の私は何を思ったのか――混乱に混乱を重ねた末、一つの答えを導き出してしま

った。

「……浮気？」

「まさか、お嬢様という人がありながら⁉」

「――は⁉　違います！」

私達が三者三様の反応を繰り広げる中、グレン様の下敷きとなっている使用人らしき女は再び悲痛な声を零した。

「ぐ、苦しい……」


メルが少し間を置いてから我に返ると他の使用人達を呼びに行き、ようやく使用人モドキは拘束された。うちの使用人のふりをして侵入してきた不審者であり、応接間で待機していたグレン様にナイフで襲いかかったところを取り押さえられていたらしい。確かに壁際には不自然にナイフが転がっていた。グレン様はお忍びでやってきていたし、本館の方の大人達のパーティーのために人員を割いていたこともあって、その場にいたグレン様一人で対応された。

そこに私達が到着して――今に至る、と。

流石に浮気ではなかったらしい。いやぁ、以前の婚約者で、人の家にアポなしで押しかけては婚約者の義妹とイチャついて挨拶もせずに帰るというクソ野郎が居たものでつい……。

自業自得なのだが浮気発言のせいでどことなく間の悪い雰囲気が私達二人の間に降りる。

――話すことが、ない！　いや、沢山話したいことがあったのだけれど全部吹き飛んでしまっ

た！

メルが白磁に金の絵具の華やかな花々が描かれたティーポットを傾けると、柔らかな蒸気と共に薄茶色の液体がティーカップに注がれる。目の前に差し出されたティーカップにミルクと蜂蜜を注げばいつものミルクティーの出来上がりだ。それを一口含んで、私は意を決してようやくその沈黙を破った。

「あの、今日はわざわざありがとうございます」

「いえ、どうしても顔が見たかったのでセベクに無理を言ってしまいました」

流石はグレン様、麗しき騎士。相手に責任を感じさせない言葉選びだ。例えお世辞だったとしてもこれは嬉しい……！

幸せを噛み締めながらミルクティーをもう二口ばかり口に含む。蜂蜜のほんのりと甘い香りが広がった。

グレン様も私につられてティーカップに手を伸ばし、口をつける。その様子を見ていると、以前グレン様の所作が綺麗だという話をぽろっとしたときに「……附属でしごかれるのよ」とちょっぴり嫌そうな顔をしながらお母様が言っていたのを思い出した。……何か苦々しい思い出でもあるのだろうか。

「――隣に座ってもよいでしょうか？」

「え？　ええ、もちろん！」

〝はい〟とは答えたものの、質問の意図がわからず私は思わず首を傾げる。私が不思議そうに

している間にグレン様は私の座る二人がけのソファーに腰を下ろした。

テーブル一つ分距離が近くなると、先ほどは気がつかなかったがグレン様が何か箱のようなものを持っていることに気がついた。

「叶うのならば、感謝祭のプレゼントは直接貴方に手渡したいと思いまして。開けてみて下さい」

私の視線に微笑み、グレン様がそう差し出してきたのは白のリボンで丁寧に包装された小箱だった。サイズは私の両手にすっぽり収まる程度。ブローチか何かだろうか？　と予想をしながら、リボンを解いていく。

そうして蓋を開けると、箱の中には蝶を象《かたど》った銀色の透かし細工の髪飾りが鎮座していた。

「髪飾り……！」

透かし部分にはめ込まれた大粒の魔石が光を受けてきらりと煌めく。両羽の大部分の透かしに填められていたのは魔石だったが、最下部——尾状突起部分だけは薄紅色の宝石が填め込まれている。

「毎年冬に領内に出た魔物を一掃していたのですが、例年よりも少し大型の魔物が出現しまして。その中の一頭の魔石が蝶のような不思議な形をしていたので、その形を残して髪留めにしてみたのですが……どうでしょうか？」

「す、すごいです、綺麗ですわ……！　ありがとうございます！」

「お気に召していただけたのなら嬉しい限りです」

魔石は基本的に菱形で発見されるが、Ａランクを超える魔物であれば卵形やハート型、珍しいものだと剣型や大盾のような形のものも見つかることがある。壊さないようにそっと取り出して光に透かすと、キラキラと魔石に含まれていた魔素が煌めく。

――これ、希少価値もそうだけれど、相当高いんじゃない……!?　壊すつもりはさらさらないけれど、慎重に取り扱わなくては……。気を引き締めて丁寧に丁寧に髪飾りを箱の中に戻そうとしたその瞬間、そっと私の手にグレン様の手が重ねられた。

「触れても？」

「……え」

「――ああ。髪に、ですよ？」

ちょっとドキッとしたけれど、なるほど髪か……！

こくこくと頷いて肯定をすると、グレン様は恭しい手つきでメルの手渡した櫛を使って私の髪を梳《す》き始める。途中で煩わしそうに身につけていた白の手袋を口で咥えて剥ぎ取った。

――わお、やっぱりやる人がやると様になるものだね、それ。右側に髪を集めその束を手早く髪紐で纏める。サクッと軽い感触の後、メルが差し出してくれた手鏡を覗けばきちっとまとめられた髪に細工の蝶が留まっていた。

「……すみません、人の髪を結うのは初めてでして」

「いいえ！　ありがとうございます」

グレン様はそんなふうに謙遜するが、本当に初めてかと疑いたくなるほどの出来栄えだ。きち

んとした夜会用のドレスを纏えばさぞかし映えることだろう。

「似合いますか？」

「想像以上にとても良くお似合いです。――今日、直接届けに来て良かった」

グレン様はそう言いながら、自然な仕草で私の髪を一房手に取った。そして、壊れ物を触るかのようなゆっくりした手つきで――実際はもっと早い出来事だったのだろうけれど――取り上げた一房の髪にそっと唇を寄せた。

「っ……⁉」

「ぎゃあ！」と叫びそうになったところをすんでの所で堪える。ひ、ひぇ……何てスマートな。嫌ってわけじゃなくて単純に驚いただけだけれども「ぎゃあ」は流石に失礼すぎるよ……ナイスだ私、よく堪えた。代わりに、鏡越しに赤くなる私の顔とグレン様の満足そうな笑顔が見えた。

「ず、ずるいですわ」

「そうでしょうか？」

私の苦し紛れの照れ隠しに、グレン様はいつものように余裕たっぷりに喉を震わせて笑った。

＊＊＊

「……その、これは今日のお詫びと感謝のしるしです。大したものではないのですけれど……」

グレン様を見送るため、裏門までやってきた私は先ほどのお詫びも兼ねたクッキーを手渡した。

感謝祭で子供たちに配るために私が作ったその余りものなのだが、メルたちも手伝ってくれたし味には自信がある。味見してくれた使用人たちも、美味しいと言ってくれていたし……お世辞じゃなければだけど。ドキドキしながらもクッキーを渡せば、グレン様はピンと耳を立てて微笑んでくれた。ふっふっふ、私は尻尾が左右に揺れていたのを見逃していませんからね……！

ほんの少しの優越感を胸に抱きつつ馬繋場から馬車が到着するのを見留め、別れの挨拶を口にしようとしたその瞬間だった。ふっと視界に影が差す――グレン様が身を屈めたのだ。その勢いが止まる気配はない。

――え、何⁉　なになに⁉

驚きのあまり硬直している内にグレン様は私の耳元に己の唇を添えて、一つキスを落とした。

プチパニックに陥っている中、グレン様は私のその表情に対して、満足げに笑った。

「――そんなにいじらしい顔をしないでください。今でさえ別れがたいのに、帰りたくなくなってしまう。……クッキー、大切にいただきますね。それでは、またお会いできる日を楽しみにしています」

それだけ言い残すとグレン様の姿は裏門の外へと消えてしまった。私は、熱を帯びた耳元を抑えながら、グレン様のいなくなった裏門をただ見つめることしかできない。

これが……リップサービスってやつ⁉

そうしてグレン様と別れた後、悶々としながらも両親に見つかる前に早く自室に戻らねばと急

ぎ足で廊下を駆け抜けると、ちょうど自室前に〝ソレ〟は居た
「やーい、不良令嬢。……こら、お兄様を無視して部屋に戻ろうとするんじゃない」

「……お兄様」

　赤らんだ頬と、相対的に乱れることなくきちっとしたままの白シャツと左手に抱えられたローブ。壁に背を凭《もた》れ掛けながら、ニヨニヨと地味に腹が立つ笑顔を浮かべた青年。――そう、お酒に酔った兄である。酔っ払いの相手は面倒臭い……うちのお兄様は特に。目と目が合ったら負けだ。確実に絡まれる。幸い我が家の廊下は広いので無視して駆け抜けてやろうかと思ったが、無駄に長いその腕にあえなく阻まれてしまった。

「素敵な感謝祭の夜ですわね、お兄様。何かありましたか？」

「冷たいな、我が妹は。健康優良児ならもうとっくに眠っているはずの時間だが？」

　いや、お兄様が手引きしたんでしょうが！　と思いつつも、私はニッコリ笑顔を貼り付けてあらかじめ用意していた言い訳を口にした。

「眠れなくて……少し庭園に散歩へ」

　私の言い分を聞いたお兄様は少しの沈黙の後、「なるほど、そう言う筋書きか」と呟いた。

　……私はなんの茶番をやらされているのだろうか。自室に戻りたいな～帰りたいな～と視線で訴えかけたものの、残念ながらお酒の入ったお兄様にその思いが届くことはなかった。

　お兄様は何やらガサゴソと自分のローブのポケットに手を突っ込むと、手のひらに収まる程度の何かを取り出した。

「ほれ、感謝祭のプレゼント——もとい優しいお兄様からの餞別だ」

その言葉と共にお兄様はプレゼントと称されたそれをこちらへ投げた。ぽーんと緩やかな弧を描いてそれが宙を舞う。危なげながらも何とかキャッチしてよくよくそれを観察すれば、なんと小さな箱形の何かだった。

ああ……うん、そりゃプレゼントを剝き出しのままで渡すことはないよね……。

とっとと蓋を開けて退散しようとすると、待ったをかけられた。

「それを開けるのはお前が成人してからにしろ」

「……何故ですの？」

「それはお守りみたいなものだからな。ここぞと言うときに開けてくれ」

よく分からないが、用意した本人がそう言っているのだしとりあえず従っておくか。よく分からないけど！

肯定の意を込めて私が頷くのを見届けると、お兄様はひょいと道を空けてくれた。ああ、ようやく帰れる——なんて安心して部屋に一歩足を踏み入れたその時だった。

「セレナ、お前なんだか少しだけ変わったよな」

「——え？」

くるりと振り返ると、訝しげな表情のお兄様が立っていた。

「ど、どういうことでしょうか？」

「ここ一年程の話だ。具体的に言うと……そうだな、お前がグレンに会ったくらいから」

グレン様に出会ったときから――つまるところ逆行して以降の話、か。なんの脈絡もない、しかしある意味的確なその問いに心臓が跳ねる。

お兄様の癖に、鋭い。……いや、それよりもいつから？

質問の仕方的には〝逆行しています！〟なんていうおかしな真相には辿り着いていないようだけれど。

お兄様が一歩こちらへ脚を踏み出す。

「――仕草も、話し方も、今までのお前と基本的に変わらない。だというのに、どことなく変化を感じる」

「……そうですか」

「どうしてだろうな。心当たりはあるか？」

逆行してから約一年。お兄様に真相を打ち明けようかと悩んだことは何度もあった。お兄様に限らず、メルやノーラ、ルイーズにだって。……けれど、結局今日まで打ち明けることはなかった。理由は単純だ。逆行前ではお兄様も、メルもノーラもルイーズも、結局私のことを助けてくれることはなかったから。酷い言い方をすれば、信用に足りない。正確に私の感情を言語化するならば――怖かったから。

私が誰かに真実を打ち明けることはこの先にもきっとないのだろう。私が傷つかないようにするために、誰かを巻き込まないようにするために。……といっても、もう多くの人を巻き込んでしまったけれど。

「（……それでも、獄中死するのは私だけで良い）」

私は立てた人差し指をそっと己の唇に寄せた。

「理由は、内緒ですわ！　それに私もお兄様の考えを読むことは出来ませんもの」

「……お互い様、ということか」

「どうしても、その疑問を解決したいというのならば私からお兄様にとっておきの答えを差し上げます」

私は口元にとっておきの笑顔を貼り付けて言った。

「私が変わったのは、きっと恋をしたからですわ！」

いやぁ……私が変わったのは手酷く婚約者に裏切られたから、なんて口が裂けても言えないや。

「それではお休みなさいませ、お兄様。良い夜をお過ごしくださいませ」

それだけ告げると、私はゆったりとした動作で一礼し、わずかに微笑んだ。

番外編

とある獣人騎士の回憶録

起床時刻を告げる鐘が鳴り響いてから暫く、騎士寮に併設された食堂は朝食を摂るために訪れた騎士達の姿で賑わっていた。バイキング形式で並べられた料理の山々から、興味のそそられた物をトレーに移す。そうして料理を取り分ける人々の列から抜け、空いていた窓際の席に腰を下ろすと不意に自分の名を呼ぶ声が響いた。

「あ、グレン！　悪ぃんだけど相席良いか？」

顔を上げればちょうどそこには、トレーを片手に困ったような表情を浮かべる人物が佇んでいた。彼こそが第二騎士団の団長であり、自身の直属の上司のヴォルク・アルテミスその人だった。普段共に朝食を摂っている友人達は今日は非番でここには居ない。特段断る理由もなかったため、私は一つ頷いて肯定の意を示した。

「私の前でよければ構いませんよ」

「ありがとな、いやぁ助かったわ。どこもかしこも満席でさぁ……やっぱ、もっと早くくるべきだったな」

広げていたトレーを手元に引き寄せれば、ヴォルク団長は手にしていたトレーをその空いたスペースへと置く。

「そういや今日は王都西部の警備って話だったけど、王宮の警備に変わるみたいだぜ。ほら、王太子殿下の婚約者の選定パーティーがあるだろ？　それの応援に行ってくれないかって、さっき総長から相談されたんだよ」

ヴォルク団長は、席に着き、山盛りだった野菜炒めを半分ほど崩したところで唐突にそう口を

開いた。王太子の婚約者の選定パーティー。御年十二歳になられるレオナルド殿下には、未だ婚約者がいらっしゃらない。国政が、勢力均衡がどうのこうのという話らしいが、はっきり言って興味が無いのでその理由に関しては割愛する。どんな人が婚約者になっても、仕事内容は変わらない。今日はその長らく空席だった婚約者の座につく者を選ぶため、国中のご令嬢が王宮に集められるらしいと人づてには聞いていた。

「それはまた随分と急な話ですね」

「ああ……普段こういう貴族が集まるような場所の警備は第一騎士団が担ってるだろ？　でも冠婚葬祭で休暇を取ってる奴が多かったみたいでな。そんで、流石に人手不足が過ぎるってので、代打で第三騎士団が任務に就く予定だったんだけど……」

そこで言葉を切り、ヴォルク団長は辺りを見回す。それにつられて私もまた辺りに視線を遣れば、近くにはおろかこの広い食堂内にさえ、第三騎士団所属の騎士達の姿が見当たらないことに気がついた。ヴォルク団長は大きなため息の後、再度口を開く。

「魔物討伐が予定より長引いたってのと、連日の大雨で土砂崩れが起きて街道が塞《ふさ》がれちまったとかで、帰還が遅れているらしいんだな」

……ったく急な話で困るよな、やれやれ、といった表情でヴォルク団長は頭を振る。その行動に私は曖昧な笑みを返した。

「何だ、その退屈すぎて死にそう〜！　って顔は。確かに楽しいものじゃねぇが、そんなに警備が不満か？」

「不満というわけではないのですが……」

〝退屈〟それが良く的を射ているかもしれない。今が楽しくないわけでは無い。何気ない家族の会話も、友人同士のたわいのないやり取りも、何一つ不足していない。けれど時々はっと思うことがある。

――ぼんやりとした幸せに飽和して、彩度を失ったこの世界は〝退屈〟だ、と。

いつからだろうか。驚きを失い、焦りを失い、心が緩やかに死んでいくような感覚に苛まれるようになったのは。

……いや、もともとそうだったかもしれない。初めからそうで、徐々に回数が増えてきたのか。最近では、退屈さを感じないのは剣を握っているときくらいになってしまった。

欠けてはいない。むしろ満ち足りている。だからこそこの灰色の世界を、ぬるま湯のような幸せを、沸騰させてくれる何かを渇望している気がしてならない。

しかしそんなことを伝えても、いくら目をかけてくれている団長だとしても、相手を困らせるだけだ。そんなことは望んでいない。

私はごまかしの言葉を口にする。

「いえ、王宮でじっと警護してるのは苦手なんですよ。むしろ外回りで体を動かしている方が好きです」

「ああ、それは一理あるかもな。お貴族サマのお相手ってのは正直肩が凝るし、しかも今日の相手は年頃のお嬢様方だし。退屈ってのは分かるよ。なんか面白いことでも起きれば良いが、もめ

事になっても困るしな」

　そう言いながらヴォルク団長は野菜炒めを大きな一口で頬張る。豪快な食べっぷりに惚れ惚れするようだった。私の視線に気がついてか、彼はにかっと快活な笑顔を浮かべる。そして私の手元にあった一通の便箋を見て小首を傾げた。

　その不思議そうな表情に、ああ、と私は口を開く。

「父からの手紙です。第二騎士団の寮から食堂までに、途中事務室前を通るでしょう？　そこですれ違いざまに門番から受け取ったんですよ」

　大雑把に内容を要約すれば、近況報告と次の休暇の確認、それとそろそろ伴侶を見繕いなさいという催促だった。特に一番最後の話題に関しては、両親より最近よくせっつかれる。しかも父と母が互いに連携を取り合っていないせいで、その頻度は二倍と化していたりもする。

　まだ自分は十八なのだから時期尚早なのではとも思わなくはないが、両親の立場に立ってみれば、成人してから三年以上も経った我が子に浮いた話が一つも無ければ心配にもなるのだろう。伴侶という存在を重んじる獣人の家系ならば特に。

　最悪の場合弟が居るのだから問題なく家は存続できるだろうと思うのだが、それが親心というやつなのだろうか。結婚はおろか、恋さえしたことのない自分には中々理解し難い。

「伴侶を見繕えとせっつかれていて、最近は、人であれば身分制別性格は問わないとまで言われる始末で……。正直、跡継ぎには困ってませんので、一生独身でも良いかとは思うのですが」

「はあ～？　なんて贅沢な！　これがモテる男の弊害ってやつか？」

私の言葉にヴォルク団長は目を剥き、当てつけのように大きくため息を吐いた。

別に慢心だとか理想が高すぎるとか、そういった類の話ではない。ただ単純に獣人の私に純人の貴族令嬢との恋愛が難しいという話だ。

かつてに比べ差別意識は改善されつつあるとはいうものの、やはり純人は己と異なる姿形をしたものを恐れ、また忌み嫌うらしい。血統を重んじる貴族は特に顕著で、本人達は上手く隠し通しているつもりらしいが、その実彼らの瞳の奥には軽蔑の色が蹲《うずくま》っているのを私は知っている。

「確かに伴侶が居なくても死にゃしない。けど、愛だの恋だの失恋だのってのは、要は人生のイベントの一つなんだぜ？　楽しまなくちゃ損だろ」

「……楽しむ」

「そう、告白すんのもフラれるのも人生経験の一つだぜ。……そうだ、今日はご令嬢がいっぱい集まるんだからタイプの女性でも探してみれば良いんじゃないか？　ほら、好みのタイプでも言ってみろ」

「職務怠慢ですし、それに私に王太子殿下の婚約者候補を掠め取れと？　まあ、自分を好いてくれる人で……面白い人だったらいいなとは思いますが」

それと、叶うならば獣人のことを受け入れてくれる人が良い。しかし、それが一番の難題なのであった。例え獣人であったとしても自分を、と望んでくれる女性が現れる姿はどうにも想像しがたい。

答えのない話を悩んでいるうちに刻一刻と時は過ぎ去っていく。

気がつけば、あんなにも山盛りだったヴォルク団長の朝食は、いつの間にか跡形もなく彼の腹の中へと収められていた。

「ま、先人からのお節介なアドバイスって事で。それじゃあ警備の方もよろしくな」

そう言い残し、食堂を後にしたヴォルク団長の背中を、私はぼんやりと見つめることしか出来なかった

＊＊＊

結局あの後第三騎士団が王都に帰還することはなく、代わりに第二騎士団が警護の任を請け負うこととなった。

出入り口にほど近い、南側の一角に配置された私は周囲を警戒しながら時折王族専用の入場口へと視線を滑らせていた。

何か問題でもあったのだろうか、予定時間を超過した今でも会場に陛下方の姿は無い。

「(もし何か異常があったのならば、連絡が入ってくるはずだが)」

首元につけた通信器具は音を立てる気配はない。報告はおろか異変すら感じられないため、恐らくその可能性は低いだろう。

……となると、どこかで様子を見ているかだな。

そう思い、会場からは気づかれにくいように工夫された二階の王族用の個室へ視線を遣る。す

ると個室に繋がる通路を慌ただしく移動する騎士の姿が見えた。生憎距離があるため個人までは特定できないが、身につけている物からそれが近衛騎士団の団員の一人であることがわかる。どうやら高貴な方々はあそこから見物しているらしい。

「(……今日も平和だな)」

異常も無く、ヴォルク団長の危惧していたご令嬢同士の喧嘩もない。多少の睨み合いはあるようだが、それだって可愛らしい物だ。戦争もなく、安定した治世で王都の治安もさほど悪くはない。

酷く平和で、平穏で——だからこそ〝退屈〟だと思うのは不謹慎な事だろうか。

そんなことを考えながら、競り上げてきた欠伸を噛み殺す。再び意識を会場の方へ戻したとき、不意に壁際に佇んでいた少女の姿が目に留まった。

俯いた顔には影が落ち、しかし窓辺から差し込む昼下がりの光が、対照的に淡く浮かび上がらせている。その顔立ちが誰かに似ているような気もしたが、それを深く追求しようとは思わなかった。

薄氷色の髪の合間から覗く黄金の瞳が僅かに揺れている。彼女の状況を言葉で言い表すならば、驚愕、もしくは恐怖が相応《ふさわ》しいだろう。

何を呟いているのか口元がはくはくと動かされるものの、その声は会場の喧騒に掻き消されこちらまで届くことはなかった。

暫くその少女の事を眺めていたが、突然少女が顔を上げたのを期に視線を逸らす。見知らぬ男

にじっと見つめられたら居心地が悪いだろう。

私が別の方向へ視線を向けていると、今度は少女の方が私のことを見つめてくるようになった。

……やはり気に障ってしまったのだろうか。私は申し訳程度に微笑み、軽く頭を下げた。

すると、少女は今度はなにを思ったのか軽くスカートの裾を摘み、こちらに近寄ってくるではないか。

一瞬クレームが入るのかと身構えたものの、少女の瞳に浮かぶ物が敵意のそれではないのに気がつき、私は体から力を抜いた。

「あの、騎士様！」

満月のような丸い瞳が私を射抜く。

「はい、いかがなされましたか？　お加減でも……」

私がそう定型文を口にすると、少女はふるふると頭を振った。

「私、貴方様に一目惚れしてしまいました！　どうかお名前を教えて下さいませんか！」

少女の愛らしい声と共に、辺りの空気が一瞬で凍りついた。あまりのことに脳が一瞬真っ白になる。

――一目惚れ、だと？

揶揄われているのかもしれない。そう思い熱心に私を見つめる少女の瞳を見つめ返すと、そのような意図はないことが伝わってくる。そこにあるのは焦りと必死さだけ。揶揄おうなどという悪意はどうにも感じられない。

思考が停止しようとするのを何とか鞭打ち、事態を飲み込もうと奮闘する。

少女の装いは豪華絢爛《ごうかけんらん》というわけではないがどれも一級品であることが伺える。見るからに高位貴族のご令嬢だ。

そんなご令嬢が私に一目惚れ？　目の前に王太子という極上の餌がぶら下げられているというのに？

それはまた――

「随分と、面白いことを仰られる」

押さえる間もなく、口角が上がる。予想もしていなかった事態だ。

そこでようやく私は、自身がこの状況を楽しみ始めていることに気がついた。

「ほ、本気ですわ！」

むっとした顔で彼女はそう言い返す。その仕草を見たとき、その少女の顔にとある友人の面影を見た。

……そういえば彼は侯爵家の嫡男だった。この会場にも来て居るのだろうか。

「――それは失礼いたしました、レディ。……ですが、貴方のような可愛らしい方が、私のような獣人に一目惚れなど俄には信じられない話です」

「私、そういう差別は好みませんわ。そもそも、一目惚れするのに人種など関係ございませんもの」

少女から「ああ、そんなこと？」という声が聞こえるようだった。本気で気にも留めて居なさ

そうな態度にたじろぐ。

　耳にする限りは嘘偽りない声色を信じ切ることが出来ず、私は曖昧な笑顔を浮かべる。

「もちろん、お名前を聞いた以上私も名乗りますわ。私はセレナ・アーシェンハイド。どうぞ、セレナとお呼び下さいませ」

　アーシェンハイド。それは我が国にある侯爵家の一つで、友人の家名と一致する。やはり彼女は彼の妹か親族らしい。

　きっとこれは子供の戯言というやつなのだろう、と自身の中で合点がいった。

　確かに友人は獣人の私に対して分け隔てなく接してくる。彼女にもそのような教育が行き届いているのだろう。両親のお陰で自身の顔がさして悪くないのは理解している。これが恋に恋する、というやつなのかもしれないなという思いがストンと胸に収まった。

　しかしこの好意を無碍《むげ》にするわけにはいかない。相手が少女とは言え、それはあまりにも失礼だ。

「小さなレディの思いには、騎士として応えねばなりませんね」

　そう呟き、私は襟を正して少女に向き合う。

「グレン・ブライアントと申します。現在は、ヴィレーリア王国騎士団の第二騎士団の副団長を務めております」

「ブライアント様、と仰いますのね……」

　少女はそう零しながら幾度も私の家名を口の中で転がす。

さて、ここから少女を諫めようかと考え始めたところで少女はキリッとした表情を浮かべながら爆弾のような発言をした。

「ブライアント様、私は先ほど一目惚れしたと申し上げましたが、それは戯言でもなければ子供特有のそれでもございませんわ。アーシェンハイド家の令嬢に二言はございません。必ず私がブライアント様を幸せにいたします」

再び、満月のような黄金に煌めく瞳が、真っ直ぐに私を貫く。

……今、私は彼女に求婚されたのだろうか？

一間置いて、胸の底に熱が広がる。

それは色恋などと言った物とは全く別の、恋情からは遠くかけ離れた興奮。初めて真剣を与えられたときのような歓喜によく似ていた。

面白い……いや、狂ってる。

常識から外れた、それでいて凛とした少女の眼差しは、まるで同世代の女性の物の様にも見えた。

「あなたは……」

――ぼんやりとした退屈な灰色の世界に、極彩色を纏った彼女が飛び込んできた。鮮烈なその色が回りに飛び火し、酷くありありと世界を感じさせてくる。

まさに稲妻のような衝撃が、平和ボケしていた私の脳を穿《うが》った。

僅かに残っていたらしい騎士としての理性が彼女を、そして自身を諫める。

「恐れながら、レディ。貴方のような未来ある方が私のような者にそのような言葉を言ってはいけません。あなたは、その言葉の重さを十分理解していらっしゃらないようだ」

「決して、そんなことはございませんわ‼」

少女のはっきりとした否定の言葉に耳がピンと跳ねる。

「私は、まだ十二歳です。貴方様にとっては、まだまだ子供でしょうし、きっと私の言葉も子供の戯言のように聞こえるでしょう。ですが、私もあと三年もすれば成人の身。結婚も出来るようになります。それにアーシェンハイド家の令嬢として生まれたからには、この言葉の重さも重々理解しているつもりです！」

辺りが騒がしくなってきた。騒動を聞きつけたらしく、人々は好奇の視線をこちらに向け始める。

そんな群衆の合間を縫って一人の青年がこちらにやって来ていたが——そんなことは気にならないくらい、私の意識は彼女に釘づけにされていた。

目が、離せない。その感覚を心地良いとさえ思った。

「もう一度……いいえ、この思いが伝わるまで何度でも申し上げます、グレン・ブライアント様。私は貴方様に一目惚れいたしました。どうか、私にチャンスを下さいませ。私は必ずや貴方様を——」

「待て、セレナ！　それ以上は駄目だ！」

そう言って誰かが彼女の口を塞ぐ。彼女が睨み付けた先には見慣れた友人、つい先日も共に飲

みに行った男、セベク・アーシェンハイドが酷く慌てた様子で立っていた。

事のあらましを語るとすれば、あの後少女は兄たるセベクに連れられ会場をあとにしてしまうのだが、それももう遅い。楽しみに飢えていた獣人の心に火をつけたのだから、少なからずとも〝責任〟を取って貰うことにしよう。

私の中で恋心というのが芽吹くのも時間の問題だろう。つい半日前まで恋などには微塵も興味のなかった自分がそんなふうに考えるようになったのは、何だか滑稽に思えて仕方がなかった。

「お、おいグレン！　大丈夫か⁉」

「ヴォルク団長。ええ、問題ありません。むしろ父への返信に書ける話が増えて万々歳と言ったところでしょうか」

慌てて駆け寄ってきた団長に、私は晴れ晴れとした気持ちで笑顔を返す。

「あー……これはもうどうにもなんねぇな。そうだ、俺の話は書くなよ？　お前の親父にどやされたくねぇもん」

「発破をかけられた、と？　それは前振りというやつですか？」

「違ぇよ！」

薄ぼんやりと遠くはなれていた世界が、今は手に取るように近くに感じる。日に何度も感じていたあの退屈だと言う感覚は、既になくなっていた。

「(……セレナ・アーシェンハイド、か)」

高らかに名乗ったあの声が脳内にこだまする。忘れることのないように、何度もその名を口内

で転がした。

　その後の私が彼女の驚くべき行動に惑わされ、様々な人らしい感覚に振り回されるようになることを、この頃の私は知らない。

Mf ノベルス

逆行《ぎゃっこう》悪役《あくやく》令嬢《れいじょう》はただ今《いま》求婚中《きゅうこんちゅう》 近《ちか》くに居《い》た騎士《きし》に求婚《きゅうこん》しただけのはずが、溺愛《できあい》ルートに入《はい》りました!?

2023年7月11日　第1刷発行

著　者　花嵐《はなあらし》

発行者　島野浩二

発行所　株式会社双葉社
〒162-8540　東京都新宿区東五軒町3番28号
[電話] 03-5261-4818 (営業)　03-5261-4851 (編集)
http://www.futabasha.co.jp/ (双葉社の書籍・コミック・ムックが買えます)

印刷・製本所　三晃印刷株式会社

[電話] 03-5261-4822 (製作部)
ISBN 978-4-575-24648-3 C0093

グレン・
ブライアント
ブライアント辺境伯家の令息
第二騎士団副団長

「……失礼、しますっ！」

「私、貴方様に一目惚れしてしまいました！」
セレナ・アーシェンハイド
アーシェンハイド侯爵家の令嬢

逆行悪役令嬢はただ今求婚中
近くに居た騎士に求婚しただけのはずが、溺愛ルートに入りました!?
Hanaarashi
花嵐
illust.眠介